Ed & Pierre
O Mistério do Livro Vermelho

Lucy Silva &
Regina Mara Conrado

Copyright 2020: Lucy Silva e Regina Mara Conrado

Todos os direitos dessa edição reservados à editora

Nenhuma parte desta publicação poderá ser reproduzida, seja por meios mecânicos, eletrônicos ou em cópia reprográfica, sem a autorização prévia da editora.

Editor: Artur Vecchi
Projeto Gráfico e Diagramação: Vitor Coelho
Ilustração de capa e capítulos: Fernando Braga
Revisão: Lucy Silva
1ª edição, 2020

Impresso no Brasil/ Printed in Brazil

Dados Internacionais de catalogação na Publicação (CIP)
(Câmara Brasileira do Livro, SP, Brasil)

S 586

Silva, Lucy

Ed & Pierre : o mistério do livro vermelho / Lucy Silva, Regina Mara Conrado.
Porto Alegre : Avec, 2020.

ISBN 978-65-86099-02-7

1. Literatura infantojuvenil
    I. Conrado, Regina Mara   II. Título

CDD 028.5

Índice para catálogo sistemático: 1.Ficção : Literatura brasileira 869.93
Ficha catalográfica elaborada por Ana Lucia Merege – 467/CRB7

Caixa Postal 7501
CEP 90430-970 – Porto Alegre – RS
contato@aveceditora.com.br
www.aveceditora.com.br
@aveceditora

Lucy Silva &
Regina Mara Conrado

Ed & Pierre

O MISTÉRIO
DO LIVRO
VERMELHO

Ao meu filho Rafael e a meu sobrinho Leonardo que vibram com minhas histórias e que são as crianças da minha vida.

Lucy Silva

Aos meus filhos Thiago e Thais que incentivam a minha imaginação para escrever.
Amo vocês!

Regina Mara Conrado

SUMÁRIO

I • UM GAROTO NORMAL E SUA VIDA NORMAL 8

II • ALÍCIA, A ESTRANHA 16

III • O LIVRO MISTERIOSO 26

IV • ONDE ESTÁ ED? 34

V • DETETIVE FORÇADO 40

VI • MISSÃO POSSÍVEL? 50

VII • A FLORESTA DOS BUGIOS 60

VIII • UM ESTRANHO CHALÉ 70

IX • OS RÚNERES 78

X • O REENCONTRO 84

XI • UMA GRANDE HISTÓRIA 98

XII • A FESTA DE HALLOWEEN 104

Capítulo I

Um garoto normal e sua vida normal

Esta é uma história de um garoto normal, com uma família normal, uma casa normal. Até sua escola era normal. Mas, de repente, tudo se tornou estranho.

O garoto normal em questão se chama Eduardo Luís. Ele não gosta muito, acha comprido demais, por isso gosta quando o chamam de Ed. Ele é alto para sua idade – recebendo o "gentil" apelido de Bambuzão por sua irmã –, suas mãos são gigantescas e sua voz oscila de fina a grossa e depois de grossa a fina, como o mudar do ponteiro dos segundos no relógio. Ed usa óculos, o que deixa seus olhos ainda maiores do que já são, embora sua mãe sempre diga que adora seus olhos verdes. Sinceramente, as lentes são tão grossas que nem ele consegue dizer a cor. Adora colecionar tampinhas de garrafas e detesta que mexam em suas coisas, principalmente em seu diário supersecreto. Apesar de viver numa casa "bagunçada", Ed é superorganizado com suas coisas. Ele gosta de pensar que é um garoto tranquilo, que gosta de estudar, ler, que usa roupas discretas – porque gosta e também para passar despercebido na escola –, e sabe que é péssimo tanto em esportes como com garotas... os dois na mesma proporção.

Bem, como eu disse no começo desse livro, Ed se considera um garoto normal.

Desde que nasceu, sua família sempre se mudava de cidade por conta do trabalho do pai, que sempre dizia que aquela seria a última vez. Mas sabe como é empregado de fábrica importante e que procura dar bons estudos e conforto pra sua família: vai aonde o patrão mandar.

Eles já estavam nessa última cidade há um bom tempo quando as coisas começaram a ficar estranhas.

Mas antes de entrar nessa parte, vou apresentar a família de Ed.

A pessoa que Ed mais adora de sua família é sua avó. Ela se chama Maria Josefa, mas todos a chamam de vovó Zezé. Ela é uma velhinha de cabelos brancos que os deixa sempre presos em forma de coque, com vários grampos pretos, anda corcunda e arrasta os chinelos de pelúcia cor de rosa choque – sua cor favorita – quando anda. Ela tem olhos azuis e a pele tão branca que sempre usa maquiagem para disfarçar tamanha brancura. É engraçada (mesmo sendo mais velha) e ótima boleira – faz bolos por encomenda, para aumentar a renda da família. Seus bolos se tornaram conhecidos em todas as cidades que moraram.

Ah, e ela também é uma exímia contadora de histórias. Senta na varanda e gosta de contar tramas de ação, suspense ou terror para quem quiser ouvir.

Vivi é a irmã mais velha de Ed. Ela tem olhos azuis como a vovó Zezé, lábios finos e vermelhos. Os meninos sempre a olham quando ela passa. Ela vive trancada em seu quarto – seu reduto – com suas makes, revistas e seu iPod. E é segredo, mas ela esconde bilhetes de todos seus antigos namorados numa caixinha de madeira marrom escura que ganhou de seu avô.

Guto é o irmão mais novo de Ed. Ele é branco como a vovó Zezé, tem os olhos da cor dos da mãe e seus cabelos são lisos e finos como da Vivi. Ele vive pelos cantos da casa, fechado em seu mundo particular, se balançando para frente e para trás. Guto sempre presta muita atenção às histórias que vovó Zezé conta. Parece entendê-las e, às vezes, nos momentos de maior suspense, arregala os olhos. Ed não gosta nada, mas divide o quarto com o irmão. Aliás, ninguém sabe direito o que havia acontecido com ele, mas ele era assim desde pequeno. E mesmo sem nunca ter falado, Ed tem a impressão de que Guto é o único que o compreende naquela família.

Gibson é o cachorro da família de Ed. Ele é uma mistura de *Collie* e vira-lata. O nome foi escolhido por dona Clara, mãe de Ed e uma grande admiradora do galã de cinema Mel

Gibson, fato que deixava o pai de Ed, seu Antenor, todo enciumado.

Dona Clara é bem alta (foi dela que Ed puxou sua estatura), tem olhos e cabelos castanhos, e sempre pinta as unhas de vermelho Ferrari. Ela adora todos os tipos de flores, por isso sempre tem um jardim em casa. Mas como não tem muito tempo (ou aptidão) para cuidar delas, ela sempre acaba andando pelos cantos se perguntando por que as flores morrem. Vaidosa, sempre bem arrumada, dona Clara costura vestidos de festa por encomenda.

Seu Antenor é bem robusto, tem cabelos louros, olhos azuis como sua mãe, vovó Zezé, tem um bigode, e reparte seus cabelos do lado direito para que a franja – que deve, mas nunca dá tempo de cortar –, não caia nos olhos. Ele adora aparelhos eletrônicos. E consegue consertar qualquer tipo de aparelho, mas a televisão do quarto de Ed seguia quebrada há meses!

Ah, e há Lola, a empregada. Ela trabalhava com a família desde antes de Ed nascer. Faz compras e cuida de tudo na casa. Como tem alergia a produtos de limpeza (super normal, né?), precisa usar máscara e luvas quando limpa a casa. Também cuida com muito carinho de Guto, e ajuda dona Clara quando ela costura.

Lola não tem família, então a família de Ed resolveu adotá-la. Aonde eles vão, Lola vai junto.

Bem, essa é a família de Ed, mas quando coisas estranhas começaram a acontecer, sua família já estava morando em Santana há quase um ano. A cidadezinha era pacata, mas tinha suas atrações: um belo centro histórico, ruas largas e bem arborizadas e dois ótimos colégios, o *Santana International School*, aonde Ed e Vivi estudavam e também o *Santaninha School*. O "Santaninha" era uma escola pequena e era onde Guto estudava. Dona Clara dizia que era a melhor escola para Guto, afinal ele era especial. Aliás, a mãe de Ed dizia sempre que, no fim das contas, todos são especiais.

No horário de sair para a escola, um furacão parecia tomar conta da casa de Ed. Dona Clara sempre ficava nervosa com medo de eles se atrasarem e aos gritos acordava Vivi, que detestava acordar cedo. Ed, ao chamado da mãe, já jogava o edredom no chão, dava um pulo da cama e entrava no banheiro. Todos falavam ao mesmo tempo. Com a TV ligada, Gibson latindo, ninguém conseguia se entender. O telefone tocava sem parar e, só depois de muito tempo, seu Antenor atendia. Geralmente era engano.

Guto, diante deste furacão que girava e girava, permanecia ali, no canto, olhando a confusão e esperando o momento de ir à sua escola, da qual tanto gostava.

✷ ✷ ✷

Todas as casas da rua em que Ed morava eram parecidas. Eram cor de areia, tinham dois andares, uma varanda com um pequeno jardim na frente e um janelão de vidro que se estendia por toda a sala de estar.

Ed se dava bem com todo mundo, mas tinha poucos amigos. Na realidade, amigo mesmo, para valer, "daqueles que sempre te metem em enrascadas, mas desenrascam junto com você", como ele dizia, só tinha um: o Pierre.

Ao contrário de Ed, Pierre é baixinho, gorducho, tem o cabelo liso e espetado, sardas pelo rosto todo e usa aparelho nos dentes. Ele tem esse nome porque seus pais desejavam um nome diferente, chique. Escolheram Pierre, nome comum entre os franceses, que, traduzido, significa "pedra". Mas o maior problema nem era a tradução do seu nome. Na escola, Pierre vivia com um papel colado nas costas com símbolo matemático π.

Pierre devora gibis e sabe desenhar como ninguém. Ele gosta de jogos de decifrar, histórias de piratas e tesouros escondidos. Ultimamente inventou de ser escoteiro e não tira mais o lencinho vermelho do uniforme do pescoço. Diz que um dia ainda será famoso por fincar uma bandeirinha com o seu nome e por ter realizado um grande feito.

Além de amigos, Ed e Pierre estudam na mesma escola.

A *Santana International School* fica num morro, próxima de uma reserva da Mata Atlântica. O edifício é enorme e a escola tem uma grande biblioteca com um espaço multimídia. Miss Susi, a bibliotecária, sempre indica livros interessantes para ler, é atenciosa, conhece as novidades, os livros infantis e juvenis e também os livros proibidos. Não exatamente proibidos, mas os livros para adultos. Ed e Pierre vivem tanto na biblioteca, que Miss Susi diz que, um dia, eles serão grandes escritores.

No espaço externo, tem um quiosque enorme onde Miss Linda, a professora de Português, costuma dar suas aulas.

Os alunos entram às 8h e saem às 16h. Almoçam no refeitório, que parece um aquário, com grandes paredes de vidro de onde podem ver as árvores e flores dos jardins da escola. Após o almoço, os alunos podem descansar um pouco, ver vídeos ou jogar videogames. Na parte da tarde, há algumas aulas em Inglês e a aula de ciências, no laboratório ou ao ar livre. Miss Melissa gosta de levar seus alunos para a trilha da floresta, aonde enaltece a natureza, fala da responsabilidade dos mais jovens, da preservação do ecossistema e da necessidade de lutar por um mundo melhor.

Na opinião de Ed e Pierre, a escola até que é legal, se não fossem os "perfes" (a abreviatura para "perfeitos", como eles mesmos intitularam).

Os "perfes" se acham o máximo. Eles são arrogantes, só se interessam por esportes e são adorados por todas as meninas da escola. Além disso, querem parecer adultos, botam medo nos menores e mostram o quanto se acham os bons. Lucas é o líder dos "perfes", alguém que se diz músico só porque dedilha qualquer coisa numa guitarra imaginária.

Segundo Pierre, os "perfes" tem a "síndrome do Ensino Médio precoce", mesmo ainda estando no sétimo ano.

Além dos "perfes", existem outros dois grupos na escola: o grupo dos que os invejam e fariam de tudo para ser um "perfes" e o grupo dos que não gostam deles, mas morrem de medo deles. Este último grupo é composto por duas pessoas: Ed e Pierre.

Ah, e claro, existe Alícia, a "estranha", como Pierre a chama.

Mas eu acho que para Ed, Alícia é uma menina fascinante.

Capítulo II

Alícia, a estranha

Alícia é nova na cidade. Ninguém tinha visto o caminhão de mudança chegar na casa de Alícia, ninguém conhecia sua família e as janelas de sua casa nunca estão abertas. Parece que ela havia surgido do nada em Santana. Talvez Pierre esteja certo: tudo isso é estranho.

Certa noite, a campainha tocou na casa de Ed. Ele olhou pela janela do quarto e avistou Pierre. Ele guardou seu diário, que era secreto, pois nem Pierre sabia de sua existência. Ed o guardava entre estrado da cama e o colchão, já que Lola não tinha o hábito de arrastar ou revirar os móveis para fazer limpeza.

Os dois amigos tinham combinado de começar a escrever um livro sobre suas aventuras e pensamentos. Ed seria o autor e Pierre faria os desenhos. Pierre entrou no quarto espavorido:

– Cara, estou gelado, apavorado, põe a mão no meu coração... Meu, essa menina me dá arrepios! Passei pela casa dela ao vir para cá, estava tudo apagado. De repente, não sei porquê, olhei para a janela da sala e me deparei com um vulto meio que atrás de uma cortina olhando pra mim. Quase mijei nas calças! Saí correndo para cá, aí sua mãe demorou muito pra abrir, então quase arrombei a porta. Ah, e a propósito, ela me convidou pra jantar e ...

– E você aceitou, claro, porque você come até "pedra" – disse Ed, brincando com o nome do amigo.

– Há–Há–Há! Engraçadinho...

– Agora, falando sério, Pierre. Esquece essa paranoia com a Alícia, cara. Ela só é um pouco diferente. Aliás, nós também somos, já reparou?

– Não, não reparei. Nunca vi alguém sair correndo com medo da gente.

– Eu também nunca vi alguém sair correndo com medo da Alícia. Só você mesmo...

– Bambuzão, Pipi, o jantar está na mesa! Não demorem – chamou Vivi, passando pela porta do quarto.

– Ed, a Vivi é o máximo, se ela não tivesse dezesseis anos...

– Você realmente tem um pino a menos.

– Eu acho que ela tem uma queda por mim. Você não vê como ela aperta a minha bochecha quando fala "Pipi"?

– Acorda, meu. Você anda fantasiando muito as coisas! Primeiro acha que Alícia vai lançar uma maldição na gente, depois acredita que minha irmã está apaixonada por você... Não sei, não... Daqui a pouco vai dizer que é mais bonito que o Lucas, ou que eles vão te chamar pra fazer parte dos "perfes". Corta essa, Pierre... Vamos descer para jantar.

Sentado à mesa entre Ed e Vivi, Pierre comia com uma tal voracidade que a mãe de Ed chegou a se assustar. Mas a verdade é que ela cozinhava como ninguém e havia preparado uma comida deliciosa: arroz, feijão, batata com carne moída gratinada e salada de alface, tomate e chuchu.

Vivi mastigava e falava ao celular ao mesmo tempo. Guto continuava se balançando sem parar. Ed às vezes tinha a impressão de que o irmãozinho conseguia ler seus pensamentos.

Assim que terminaram de jantar, Ed e Pierre subiram para anotar ideias para o livro. Mas ficaram conversando e se esqueceram do livro. Quando finalmente começaram a trocar ideias, seu Antenor entrou no quarto e disse que levaria Pierre para casa, pois a mãe dele havia telefonado e já era tarde.

Pierre e Ed moravam perto, a apenas quatro quarteirões de distância. Pierre era filho único e não tinha pai. Seu

Orlando, o pai de Pierre, trabalhava na Marinha, sofreu um acidente de navio e morreu quando ele tinha oito anos. Pierre se dava muito bem com sua mãe, dona Carminha. Ele adorava passar horas desenhando no seu quarto, e tinha vários cadernos de desenho, lápis coloridos, giz de cera, além de tintas e pinceis. A casa de Pierre era silenciosa e sossegada, bem diferente da confusão de todos os dias na casa de Ed.

Antes de dormir, Ed ainda ficou pensando em Alícia, em seus olhos sombrios e melancólicos. Não era medo o que ele sentia. Era vontade de descobrir quem era ela de verdade, como eram seus gostos e pensamentos. Ele sentia que Alícia guardava um segredo, um mistério. Sim, mistério, era essa a palavra. O mistério que fez com que o homem quisesse chegar à Lua, inventar o telefone, o rádio, o computador... Ed adorava mistérios. E, deitado na cama, ficou olhando pela janela de seu quarto, observando as árvores, a escuridão e pensava em Alícia...

Na manhã seguinte, Ed acordou com os gritos de sua irmã Vivi, cheia de perfume e com a boca pintada de *"gloss"*.

– Ei, Bambuzão, acorda! Vai perder o ônibus escolar.

Ed pulou da cama e não levou nem dez minutos para tomar um banho, um café rápido e sair para a rua. O ônibus já estava chegando. Ele teve uma conversa séria com sua mãe sobre esperar com ele o ônibus, que não era mais criança etc, etc, etc, e conseguiu convencer dona Clara – depois de prometer ajudá-la em seu jardim – a só olhar pela janela da sala.

Alícia entrou logo em seguida, de cabeça baixa. Carregava uma mochila que parecia pesada, presa numa única alça, o que a deixava torta para um lado. Sentou-se no primeiro banco, ao lado da janela.

Pierre foi o próximo a entrar – mais dormindo que acordado –, e sentou-se ao lado de Ed. A primeira coisa que ele disse foi:

– Você viu Alícia? Uau! Repara agora, com o sol batendo, como o cabelo dela fica vermelho. Não parece uma bruxa?

– Que besteira, cara! Só porque a menina é um pouco diferente.

– Diferente? Você é bem delicado. Você quer dizer estranha, sombria, apavorante. Eu não quero nem chegar perto, ela me dá arrepios...

– Pois eu tenho vontade de falar com ela.

– Ed, cara, você está louco? E se ela te lançar um feitiço?

– Ah, Pierre, deixa de bobagem, você não acha que se ela tivesse poderes já não teria eliminado os "perfes" da face da Terra?

Essa não era a primeira vez que os meninos falavam sobre Alícia. Desde que ela havia chegado em Santana, há mais ou menos um mês, eles haviam ficado intrigados. Achavam que ela era séria demais e tinha uma aparência esquisita. Ela sempre usava batom preto, tinha a pele muito branca e usava sombra escura nos olhos, que eram de um azul quase violeta. Seu cabelo era comprido, avermelhado e estava quase sempre despenteado.

Ed não achava ela feia, ao contrário, ele até a achava bem bonita, uma beleza diferente, sombria. Para Pierre, ela era assustadora, nada mais.

Ed criou coragem e se levantou:

– Dá licença, Pierre, mas acho que eu vou até lá tentar falar com ela. Tenho que descobrir o mistério dessa garota.

– Não faz isso, por favor... Pode ser muito perigoso! – implorou Pierre, usando seu corpo, meio ajoelhado, para impedir a passagem do amigo.

Nesse momento, uma freada brusca do ônibus fez Ed perder o equilíbrio e rolar por cima da perna de Pierre que estava bloqueando sua saída e parar estatelado no corredor do ônibus. A risada foi geral. Até o motorista do ônibus, seu Moacir, olhou para trás para conferir o motivo da balbúrdia:

– Vamos nos acalmar, jovens... Todos sentados. Eduardo Luís, volte pro seu lugar!

Só Alícia continou olhando para fora da janela, como se nada tivesse acontecido.

Depois desse começo desastroso, o dia na escola não foi dos melhores para os dois amigos. Pierre se desculpou várias vezes com Ed pelo incidente no ônibus. O pior é que ele pedia desculpas com o bendito papelzinho com o símbolo pendurado nas costas, dando um ar mais patético a toda a situação, e Ed, ainda chateado, não sabia se tirava ou não o papel.

Os "perfes" não pararam de incomodá-los. Aproveitavam qualquer distração dos professores para, com mímica, representar a cena de Pierre ajoelhado e Ed rolando por cima dele.

Depois do intervalo, Ed e Pierre foram até seus armários, que ficavam no corredor, pegar o material para a aula da Miss Linda. De repente Ed ouviu um barulho. Quando se virou, encontrou Pierre no chão, com os livros espalhados e os "perfes" entrando na sala de aula, rindo. Como ele gostaria de ser mais corajoso naquele momento!

Aproximou-se de Pierre para ajudá-lo a levantar e pegar suas coisas, quando sua mão se esbarrou em cinco unhas negras com brilho prateado em cima do livro de Português de Pierre. Dois olhos muito azuis se fixaram nos seus. Pierre congelou. Ed engoliu em seco, ele não entendia o que estava acontecendo (ou sentindo). Alícia puxou o livro, entregou a Pierre e continuou ajudando a recolher suas coisas. Ela se levantou e os garotos também. Ed agradeceu, porém Alícia se virou e continuou seu caminho sem dizer nada. Pierre olhou para Ed apavorado, mas Ed parecia hipnotizado. Sentia que aquela garota mexia muito com ele.

Os dois entraram atrasados na aula.

À tarde, no final da última aula, Miss Melissa pediu que Ed e Pierre ficassem um pouco mais, pois queria conversar sobre a Festa de Halloween que eles iriam ajudar a organizar. Como a "Santana" era internacional, costumava realizar duas festas anuais: a Festa Junina no primeiro semestre e a Festa de Halloween no segundo semestre.

A Festa de Halloween era um evento incrível. Todos os alunos da escola ficavam envolvidos com os preparativos. Os alunos participavam caracterizados com fantasias assombrosas de bruxas, duendes, caveiras, fantasmas... As famílias também eram convidadas, e era tudo muito divertido.

Depois da conversa com Miss Melissa, os garotos voltaram às carteiras para pegar as mochilas e algo chamou a atenção de Pierre:

– Olha, Ed, ali embaixo da carteira da Alícia, a estranha... O que é aquilo? Não parece nenhum dos livros que usamos. Deve ser um livro de bruxaria. Que horror!

– Deixa eu dar uma olhada...

O livro era vermelho, de capa dura e tinha um tamanho diferente dos livros escolares. Era grande e grosso, parecia ter muitas páginas. Na capa tinha uns escritos em letras douradas em alto relevo.

– Cara, você vai mexer nisso? Deixa isso aí! Amanhã ela pega, vamos embora.

– Isso deve ser importante pra ela. Ela senta na frente do Lucas. Se deixarmos o livro aqui, ele é capaz de achar antes dela. Nunca se sabe o que aquela "mente privilegiada" pode fazer.

– Só que nós não temos nada a ver com isso. Deixa isso aí, vai por mim, Ed, vamos embora.

Sem dar ouvidos ao amigo, Ed enfiou o livro na mochila, e os dois garotos desceram correndo as escadas que davam para o refeitório.

Alícia estava lá, conversando com uma professora. Assim que avistaram a garota, os dois amigos se entreolharam rapidamente, mas não entraram no refeitório, seguiram direto para o portão e entraram no ônibus escolar.

Sentaram no fundo e esperaram Alícia entrar. Quando finalmente o motorista fechou a porta, Pierre disse:

– Ela já sentou, você não vai entregar o livro? Está com medo, não é? Vai, devolve logo isso aí. Devolve esse livro pra estranha!

– Para com isso! As pessoas têm muito preconceito. Ela até é diferente e deve ter algum segredo guardado. Só que com esse livro nós vamos descobrir o que é. Mas ela não é malvada nem bruxa...

– Claro que é, Ed. Olha o jeito dela, o rosto dela... Não fala com ninguém, sempre está sozinha... Acho que todo mundo tem medo dela.

– Puxa, você é bem mal agradecido, não? Já esqueceu que ela te ajudou depois da gracinha dos "perfes"? Não vou devolver agora, e se esse livro for um diário? Saberemos se sua absurda teoria sobre Alícia está certa ou não. Fecha essa boca, vira pra frente e disfarça.

Pierre fez tanta mímica para que Ed devolvesse o livro para Alícia quando desceu na sua parada que, para os outros, parecia que ele estava tendo um treco. Em seguida, o ônibus para na porta da casa de Alícia. Ela lançou um rápido olhar para o fundo do ônibus e desceu. Ficou alguns segundos parada na calçada, sem desviar os olhos de Ed.

Ed segurou a respiração por um tempo e quando conseguiu respirar, pensou: "Hoje eu descubro o mistério de Alícia!".

Capítulo III

O livro misterioso

Chegando em casa, Ed subiu as escadas correndo e empurrou a porta do seu quarto, que estava semiaberta. Encontrou Guto sentado no chão, olhando fixamente para uma das páginas de seu diário:

– Guto, o que você está fazendo com isso na mão?

O garoto assustou-se com o grito, soltou imediatamente o diário de Ed, levantou e saiu correndo do quarto.

Ed até se esqueceu do misterioso livro de Alícia. Seu coração estava disparado de raiva. E se fosse a Vivi que tivesse achado seu diário? Ia ser pior que ser zoado pelos "perfes" por um semestre inteiro! Ainda bem que havia sido o Guto, pelo menos! Como aquele fedelho sabia aonde estava o diário? E como ele havia conseguido levantar o colchão sozinho? Como ele estava vendo, se nem sabia ler? Será que não sabia ler mesmo?

Ed precisava arranjar urgentemente outro esconderijo para o diário. Enfiou-o debaixo da caixa que abrigava sua coleção de tampinhas de garrafa e foi tomar um banho para esfriar a cabeça.

Naquele noite, a mãe de Ed havia feito frango ensopado, e como ele não havia comido nada no lanche da escola, estava morrendo de fome.

Durante o jantar, Ed não tirava os olhos de Guto. O irmãozinho lhe pareceu hipnotizado, olhando fixamente para a frente. Parecia um bruxo. O que estaria se passando em sua mente? Seria ele uma mente superdesenvolvida, e por isso não conseguia se comunicar? Ou um extraterrestre?

Ed estava tão ansioso para acabar logo o jantar e subir para começar a ler o tal livro que não prestou atenção à conversa da família. Porém justo nesta noite seu pai resolveu pedir a atenção de todos para contar sobre a viagem que fariam amanhã em comemoração aos setenta e oito anos de vovó Zezé:

– Atenção, atenção, pessoal! Amanhã vamos levar a vovó Zezé para visitar a tia Cida na Capital. Ela merece esse presente de aniversário, não é mesmo? Vamos passar uma semana lá e Guto vai com a gente.

Para não perderem aula, Vivi iria ficar na casa de uma amiga da escola e Ed passaria a semana na casa de Pierre.

Ao ouvir a notícia, Ed quase deu um pulo de alegria, mas conseguiu se controlar. Era uma grande oportunidade! Seus pais ainda o aconselharam a ser gentil, não fazer bagunça, comer de tudo etc. etc. Porém Ed estava aflito para voltar para o seu quarto.

– Mãe, o frango estava tão gostoso que comi muito e tão rápido que preciso deitar e esticar minha barriga.

Vovó Zezé caiu na gargalhada:

– Menino, que barriga é esta? Você é tão magro que parece um filé de borboleta: fininho, fininho.

Ela costumava dizer coisas desse tipo que faziam todo mundo rir.

Assim que entrou, Ed passou a chave bem devagarzinho na porta para que Guto tivesse que bater para entrar, pegou o livro e fez menção de abri-lo, mas parou no meio. Ed começou a sentir um certo receio. Não era bem medo, isso não, apenas um certo receio de abrir aquele estranho livro sozinho. Queria que Pierre estivesse lá. Assim ele poderia provar que Alícia era uma garota totalmente normal, apenas um pouco excêntrica, mas não uma bruxa, como Pierre insistia em dizer.

Tum, tum, tum!

Nesse momento, ouviu alguém bater na porta do quarto. Seu coração veio parar na boca e ele jogou o livro longe. Era sua mãe:

– Ed, por que você trancou a porta? Olha, não demore para dormir, porque você tem aula bem cedo. E seu irmão tem que dormir também. Vamos sair cedo amanhã.

E Guto entrou no quarto e foi direto para sua cama.

Depois que seu coração voltou para a cavidade habitual, Ed pegou o livro vermelho que estava no chão, sentou-se no meio da cama, colocou o pesado livro entre as pernas, posicionou o abajur ao seu lado e estendeu um cobertor por cima, para que Guto não acordasse com a claridade no quarto. Sem saber por que estava tão nervoso, segurou a capa do livro...

Trimmm!

– Maldito telefone! – exclamou. Dessa vez seu coração só disparou. Era apenas Pierre.

– E aí, cara, o que diz aí no diário da Bruxonilda? Você já abriu? Tem receita de poção mágica?

– Caramba, Pierre, que susto!

– Ué, não é você que vive dizendo que eu só falo besteira, que a menina é normal, que eu estou vendo pelo em ovo? É impressão minha ou você está com medo de abrir o diário? – Pierre ria diabolicamente.

– Medo, eu? Você só pode estar brincando! Ninguém aqui está com medo de nada, não... É que eu estava aqui, concentrado e de repente, quando ia abrir a capa do livro... Trimm! Esse maldito telefone! É só isso! estava apenas distraído.

– Ah, tá! – disse Pierre rindo. – E aí, aprendeu alguma bruxaria?

– Não, já disse! O telefone tocou bem na hora em que ia abrir o livro!

– Cara, isso é um presságio, um aviso. Deixa esse livro pra lá, devolve e pronto. Esquece essa menina. Você vai passar a semana toda aqui em casa, vamos ter muito o que fazer, vou

levá-lo aos escoteiros. Vamos fazer uma trilha na mata, aí sim teremos uma aventura. Você vai ver! – Bom, cara, liguei só para você não esquecer de trazer uns DVDs de terror para a gente ver juntos durante a semana.

– É, acho que você tem razão. Vou deixar esse livro para lá. Ou então levo e a gente vê juntos na sua casa.

– Ok. Agora preciso desligar. Se a minha mãe me ouvir falando agora, ela me mata! Tchau! – e Pierre desligou o telefone.

Ed tentou seguir o conselho de Pierre e guardou o livro na mochila. Ajeitou seus dois travesseiros, colocou o pijama e foi escovar os dentes. Voltou para o quarto, pegou o edredom e se deitou. Mas não conseguia dormir.

Não parava de pensar no livro de Alícia. Provavelmente era só um diário bobo de uma garota caladona e estranha. Ele também tinha um diário. Tudo bem, ninguém sabia ("ninguém exceto o Guto", pensou), mas estava lá. Ele detestaria que alguém o visse e lesse, mas, por outro lado, quem iria querer saber da vida de um garoto tão comum como ele? Levantou da cama em silêncio, ascendeu a luz do abajur, pegou um lápis com borracha na ponta, seu diário e começou a escrever. Escrever sempre o acalmava. Virou as páginas, releu coisas que já havia escrito... Quando percebeu, viu que tinha preenchido várias linhas só com o nome de Alícia. Sentiu um pouco de vergonha (e medo) e apagou tudo com a borracha.

Olhou o relógio, já era madrugada. Teria de estar em pé às sete horas e ainda não havia conseguido pregar os olhos. Dali a pouco seus pais estariam levantando e ele lá sem descansar apenas pensando na droga do livro vermelho.

Lembrou-se do olhar de Alícia de fora do ônibus. Será que ela sabia que ele estava com o livro dela?

Bom, resolveu não ficar mais nem um segundo nessa situação. Pierre tinha razão: na manhã seguinte devolveria o livro da garota e tudo estaria terminado.

Fechou seu diário, guardou-o novamente junto com as suas coleções. Depois pensaria em outro esconderijo para ele, para que seu irmão não o descobrisse.

Então, Ed olhou para sua mochila. Um pedaço do livro estava para fora, e sua curiosidade ganhou da razão: pulou da cama, pegou o livro vermelho, ajustou os travesseiros e segurou novamente a capa dura entre o polegar e os outros dedos. Fechou os olhos, respirou fundo, abriu os olhos novamente e lentamente foi abrindo a capa. Seu coração batia disparado. A primeira folha estava em branco. Ele tinha que continuar. Inspirou mais uma vez. Então abriu a página seguinte e só teve tempo de dar um grito:

– Ahhhhhhhhhhhhhhhhhh!

Capítulo IV

Onde está Ed?

Na manhã seguinte, Pierre acordou animadíssimo, pois tinha uma surpresa para Ed: tinha quase certeza de que iria conseguir encaixá-lo na turma dos escoteiros que faria trilha no sábado seguinte. Já que Ed ficaria a semana toda em sua casa, nada melhor do que compartilhar um dia de escoteiro.

Os pensamentos de Pierre voavam enquanto esperava o ônibus escolar. Será que Ed teria se lembrado de pegar os filmes de terror? Estaria tão animado quanto ele próprio por aquela semana?

Os pensamentos do garoto foram interrompidos com a chegada do ônibus. Pierre subiu animadamente a escada, cumprimentou o motorista e...

– Bom dia, Pierre! Ed não veio com você?

– Como assim, senhor Moacir? Que história é essa? Ed já está... – Pierre olhou para o assento onde sempre sentavam e... ninguém, o banco estava vazio!

– Pois é, achei estranho. Passei pela casa dele, mas não havia ninguém esperando. Então buzinei algumas vezes, como ninguém respondeu, achei que ele tivesse resolvido ir mais cedo para sua casa. Talvez os pais dele o tenham deixado na escola. Agora vamos, garoto! Vá sentar que não posso levar nenhum aluno em pé.

– Não? Ah... está bem – balbuciou Pierre, atordoado. Foi para o banco de trás e o ônibus partiu, mas ele ainda ouviu o senhor Moacir reclamar:

– Hoje não é meu dia! Será que todos os pais resolveram esquecer de me avisar que seus filhos não vão à escola?

Foi então que Pierre se deu conta que Alícia também não estava no ônibus.

O motorista seguiu até a escola.

Pierre entrou sozinho, caminhou pelo longo corredor até seu armário, abriu-o, colocou suas coisas, pegou o material e caminhou para a sala de aula. Na passagem até sua fileira, Lucas colocou o pé na frente dele e ele caiu.

– E agora, "Balão", quem vai ajudar a recolher o material? Cadê o amiguinho?

Ao cair, as folhas do trabalho de Geografia se espalharam pelo chão e os "perfes" entraram em ação. Lucas recolheu as folhas, levantou-as acima da cabeça e gritou, entre as gargalhadas do grupo:

– Alguém ainda não fez o trabalho de Geografia? Estou vendendo este aqui!

– Devolve isso, Lucas, se você não trouxe o seu eu não tenho nada a ver com isso, devolve... – dizia Pierre, desesperado.

Não havia ninguém por perto para ajudá-lo. Nem a tal estranha estava por ali.

– Ah, o "Bolo Fofo" ficou nervoso, coitadinho. Você quer o trabalho, quer? Olha só o que eu faço com o seu trabalho.

Lucas então rasgou as folhas em mil pedaços, jogando tudo para cima e fazendo uma chuva de papel.

Pierre levantou, entre ataques de bolinhas de papel e risos e sentou-se em seu lugar.

Depois de tomar fôlego, constatou que Ed não estava na sala de aula. Pensou em ir até o banheiro para ligar para o amigo antes que o professor entrasse, mas quando colocou o pé na porta sentiu as mãos do professor em seus ombros:

– Bom dia, Pierre, que bela recepção logo pela manhã! Vou acompanhá-lo até seu lugar. Bom dia, turma!

Carambolas, que azar! A única coisa que Pierre pôde fazer foi continuar em seu lugar, matutando algumas possibilidades para a ausência do amigo.

Estava tão preocupado com Ed, que na verdade nem ligou muito para as maldades de Lucas e sua turma. Ed sempre falava que um dia estes garotos levariam o troco. E ainda pediriam desculpas por tudo que fizeram na escola com os outros e até com Pierre, que era o menino da vez.

O que teria acontecido com Ed? Primeiro, Pierre pensou que talvez ele pudesse ter realmente viajado com os pais. Não... Conhecendo Ed como Pierre conhecia, sabia que ele não desperdiçaria a chance de ficar com o amigo – por uma semana inteirinha – SEM Vivi. Outra hipótese pode ter sido que Ed, aproveitando a movimentação e a bagunça da família ao sair de viagem, resolveu dormir mais e cabular um dia de aula. Fora essas duas alternativas, não havia mais nada a se pensar.

– Bom, pessoal, para a próxima aula, leiam o capítulo sobre as camadas atmosféricas: propriedades, ar rarefeito, altitude e pressão atmosférica. Até semana que vem.

Nossa, Pierre nem tinha percebido que aula havia acabado. Passou muito rápido. Nem sabia ao certo o que o professor explicara. Estava fora do ar.

Essa era a chance: o intervalo entre as aulas! Todos teriam que ir ao laboratório de ciências, para mais uma das experiências malucas da Miss Melissa. Pierre foi até o banheiro e ligou para Ed. O que ouviu foi:

"Alô... Alô... Oi! Não estou ouvindo... Fala mais alto. Ah, que pena, não posso atender, deixa aí um recado que depois vou pensar se ligo de volta...".

– Droga, caixa postal! – exclamou, nervoso.

O pessoal já estava entrando no laboratório, então Pierre correu atrás de sua turma e misturou-se aos colegas.

Não havia outro jeito. Teria que esperar o término das aulas e ir até a casa de Ed. Alguma coisa lhe dizia que algo muito errado tinha acontecido.

Pierre passou os minutos mais angustiantes de sua vida esperando a hora da saída. Estava tão desesperado que não conseguiu prestar atenção em nada do que os professores falavam. Nem às piadas e gracinhas dos "perfes".

Quando soou o sinal do término das aulas, Pierre saltou da carteira. Sem pestanejar e esperar o professor sair da sala de aula, o garoto saiu correndo para o ônibus. Estava tão aflito que pediu ao senhor Moacir que o levasse correndo para casa.

– Eh, Pierre! Não encontrou Ed na escola? – perguntou o motorista.

Pierre estava tão nervoso, sentou no primeiro banco e desandou a falar que os pais de Ed iriam viajar e que ele iria ficar na sua casa, mas que Ed não tinha ido à escola, que ele não conseguia falar com ele nem por telefone, enfim: que Ed havia sumido da face da Terra.

O senhor Moacir sorriu e tranquilizou o garoto:

– Pierre, talvez Ed tenha resolvido ficar em casa hoje pra dormir mais um pouco e desligou o telefone. Sabe como é garoto! Gosta de matar aula. Ou quem sabe seus pais resolveram levá-lo junto e não tiveram tempo de avisar...

– Impossível, senhor Moacir. Ed estava supercontente porque ele ia ficar aqui a semana inteira sem a família. E tínhamos a missão de desvendar o segredo do tal livro miste...

Pierre não terminou a frase. De repente percebeu que estava falando demais. Tentou acalmar-se e desviou o assunto, para que o senhor Moacir não desconfiasse de nada:

– É, acho que o senhor tem razão. Não deve ser nada demais mesmo...

Chegando em casa, Pierre foi direto para o quarto. Abriu a porta de armário, pegou sua roupa de escoteiro e disse a sua mãe que precisava ir até a casa de Ed ajudá-lo a escolher uns DVDs, a arrumar a mochila com as roupas dele, afinal o amigo ficaria uma semana em sua casa. A mãe ficou meio desconfiada, mas como ainda era final de tarde e estava claro, deixou que Pierre fosse sozinho.

O garoto ajeitou seu lencinho de escoteiro no pescoço, suspendeu as meias brancas até o meio das pernas e saiu com pressa, batendo a porta com força atrás dele.

Capítulo V

DETETIVE FORÇADO

Durante o trajeto até a casa de Ed, Pierre ficou imaginando se o encontraria dormindo, comendo um enorme sanduíche ou xeretando o quarto de Vivi para encontrar alguma coisa e depois zoar com ela. Que amigo, nem para avisar que ia faltar na escola! Tinha falado com ele ao telefone e nada! Estava até começando a ficar com raiva de Ed.

No meio da segunda quadra, Pierre engoliu em seco. Lembrou de uma coisa que não lhe tinha ocorrido ao pedir para ir sozinho à casa de Ed: entre os largos quatro quarteirões que separavam sua casa da casa do amigo, ficava a casa de Alícia.

Seus olhos começaram a lacrimejar, suas pernas ficaram pesadas, seu coração acelerou e suas mãos começaram a ficar molhadas de suor. Talvez tivesse sido melhor pedir para que sua mãe o levasse. Mas, e se Ed estivesse fazendo algo de que as mães não gostam? Eles estariam metidos numa grande encrenca.

Não... Ele afastou esse pensamento. Tinha tomado a decisão certa, afinal, era um escoteiro forte, determinado e corajoso (ou assim pensava). Estufou o peito, respirou fundo e seguiu adiante.

A única coisa que alimentava essa recém-encontrada coragem era: assim que encontrasse Ed, Pierre acabaria com ele!

Mais meia quadra e ele estaria passando pelo portão de Alícia. Ele até conseguia ver o telhado da casa dela. Não tinha jeito, se quisesse descobrir o que havia acontecido com Ed, teria de enfrentar seu medo. Afinal, era só uma casa velha, escura e esquisita.

De repente, o céu azul e o calor gostoso do final da tarde deu lugar a um bloco de nuvens cinzas e pesadas. As folhas das árvores caídas no outono começaram a dançar freneticamente com o vento, que começava a ficar mais forte. Pierre apertou o passo. Tinha que chegar à casa de Ed antes que a chuva começasse.

Assim que sentiu os primeiros pingos, Pierre avistou o portão descascado da casa de Alícia.

Pierre não queria olhar, mas seus olhos não obedeciam. Seu coração batia na garganta. A saliva secou. Parecia que estava andando em câmera lenta, pois as pernas não correspondiam à sua pressa. Era uma sensação estranha. Ela se chamava medo.

De canto de olho ele viu algo! Alguém estava entrando na casa. Será que era Alícia? E se ela o visse rondando por ali? Será que ela não iria jogar um feitiço nele?

Pierre pensou nas palavras de Ed: "Cara, você está ficando obcecado com essa história. Bruxas não existem. Alícia é só uma menina excêntrica...". Mas não quis arriscar. Resolveu esconder-se atrás de um poste para descobrir quem estava saindo da casa.

Argh! Pierre ficou furioso com Ed. Se ele tivesse ido com ele para a escola, nada daquilo estaria acontecendo. Àquela hora estariam em casa, comendo um bom cachorro quente com muito ketchup, mostarda e molho especial, que sua mãe sabia fazer muito bem. Depois tomariam um belo sorvete de creme com calda de chocolate.

O estrondo de um trovão cortou os devaneios (e a fome constante) de Pierre. Ele, então, viu uma pessoa de costas fechando a porta da casa de Alícia. Viu que não era a própria, pois era uma mulher mais alta que a estranha. Ficou mais aliviado. Pelo menos não iria ser enfeitiçado! Depois pensou ser a mãe da menina, mas começou a reparar no cabelo castanho despenteado, na saia colorida até o chão, na sandália de couro... Lembrava alguém que ele conhecia...

De repente, ele se lembrou: parecia a professora de ciências! Não podia acreditar no que estava vendo! Que relação haveria entre as duas? O que ela estaria fazendo na casa de Alícia?

Pierre ficou tão curioso, que criou coragem. Saiu detrás do poste e abriu o portão de ferro descascado. Entre ele e a mulher, havia o jardim sem flores. Embora o jardim da casa de Ed também não tivesse flores, pelo menos tinha grama e algumas plantas, a terra era úmida e dava impressão de ser fértil. Na casa de Alícia, a terra era seca, enrugada e não havia mato algum, como nas casas mal-assombradas. As vidraças das janelas também pareciam que não eram limpas há séculos e a porta da casa era de um cinza-escuro que mais parecia sujeira. A mulher ouviu o barulho no portão e se virou para trás, assustada.

Pierre ficou paralisado por alguns segundos. A mulher estava segurando um caldeirão preto e tinha um livro velho e grosso embaixo do braço direito, parecido com o de Alícia.

Depois de alguns segundos, a mulher quebrou o silêncio, ajeitando os óculos quadrados de aro preto:

– Boa tarde, Pierre, você me deu um belo susto! Alícia não está. Você queria falar com ela? Não sabia que vocês eram amigos.

– Bem, quer dizer... Na-na-na verdade, er... na verdade, não somos amigos. Eu-eu-eu conheço Alícia do-do-do ônibus e da escola. Estou indo à-à-à casa de Ed... – disse Pierre com tanto medo que parecia que gaguejava.

– Claro... Ed... Ele não foi à escola hoje... E deixe-me adivinhar... você está indo agora mesmo à casa de seu amigo, não é?

Pierre estava branco de pavor. A mulher continuou falando, como se nada estivesse acontecendo.

– Ed precisa descansar um pouco. Não é melhor deixar a visita para uma outra hora? Talvez seja melhor você voltar para casa. Depois vocês conversam e ele conta tudo o que aconteceu – Miss Melissa disse isso ao mesmo tempo em que fazia carinho nas bochechas de Pierre.

Os olhos de Pierre quase saltaram das órbitas. O jeito como ela falava era BEM diferente de suas aulas. BEM diferente!

– Mas-mas-mas eu preciso conversar com e-e-ele. Eu que-que-quero saber se ele está bem! – insistiu Pierre.

– Eu já disse: não se meta nisso e tenho certeza de que será melhor para você – ela falou, um pouco mais ríspida do que da primeira vez. – O meu conselho é para você sair daqui e ir direto para sua casa. Mas, se mesmo assim você ainda quiser continuar, ande logo porque o tempo está se esgotando. Vá, vá logo embora – empurrando Pierre até a porta.

Miss Melissa virou de costas, deu um tapinha na cabeça dele e antes de fechar a porta disse com em voz baixa:

– Agora eu preciso ir, tenho muito trabalho a fazer hoje – disse apontando para o caldeirão e olhando para o menino com um leve sorriso. – Até logo e não se meta em encrencas das quais você não conseguirá se livrar – e saiu arrastando a sandália de couro, sacudindo o caldeirão.

Pierre, com os olhos esbugalhados, sem se mexer, seguiu os passos da mulher com os olhos até a porta quase bater em sua cara.

Será que ela sabia o que havia acontecido com Ed? O que estava acontecendo? E por que ela estava ali na casa de Alícia? Como ela poderia saber de tudo isso? Ela era só uma professora!

Bom, não tinha tempo para reflexões, era hora de seguir e descobrir de uma vez por todas o que estava acontecendo.

Pierre atravessou o jardim que não existia, passou pelo portão enferrujado, fechou-o, deu uma olhada na fachada da casa e continuou rapidamente seu caminho.

Mais um trovão. Mas agora ele nem se assustou. A surpresa havia sido tão grande e a confusão gerada em sua cabeça era tamanha que não havia sobrado espaço para o medo.

Em alguns segundos chegou a casa de Ed. Pingos grossos começaram a cair.

Pierre tocou a campainha e esperou. Nada. Tocou de novo. Esperou mais alguns segundos. Então pôs a mão no bolso para pegar o celular e ligar para Ed, mas... o celular não estava lá. Essa não! Ele tinha deixado em casa quando trocou de roupa para colocar o uniforme de escoteiro.

Muito nervoso, Pierre entrou pela varanda e tentou girar a maçaneta da porta para ver se por acaso não estaria destrancada, mas nada. Nesse instante, a chuva desabou.

Começou a gritar o nome de Ed, esperando que ele escutasse da janela do quarto. Nada, nenhuma resposta. Nenhum som. As coisas estavam começando a ficar difíceis. A única chance era pular a janela da sala que estava aberta. Pierre colocou as mãos no parapeito da janela, mas não tinha força para dar impulso e alcançar a janela com o joelho. Tentou várias vezes e nada. De repente ele avistou uma pedra no jardim. A pedra tinha o tamanho de um paralelepípedo, mas não tinha outro jeito. Com muito esforço, e quase tendo um treco, ele arrastou a pedra até a janela, pulou e caiu sentado dentro da sala.

Escutou um barulho, que vinha do andar de cima. Olhou para a escada e viu Gibson deitado no primeiro degrau, balançando o rabo. O cachorro olhou para ele e apontou com o focinho para cima. Parecia estar avisando que algo estava acontecendo. Exausto, Pierre subiu os degraus ofegante e caminhou até o quarto de Ed.

A porta estava entreaberta, havia claridade. A TV estava ligada, o que era estranho, porque o aparelho estava quebrado havia meses.

O barulho era da série "As aventuras das laranjas assassinas", uma série bizarra que Ed adorava assistir. Mas Ed não estava no quarto.

Pela janela aberta, uma rajada de vento fez a cortina fina voar. Nesse momento Pierre percebeu dois pezinhos que saíam de debaixo da cama. Levantou o lençol e se deparou com Guto se balançando com um caderno na mão.

O garoto saiu se arrastando de debaixo da cama, engatinhou até o centro do quarto e sentou-se com as pernas cruzadas em cima do tapete, no meio do quarto. Olhou fixamente para Pierre e arrastou o caderno que segurava para a frente, em sua direção. Soltou o caderno e voltou a olhar para o nada e a se balançar, como se estivesse alheio a tudo.

Pierre fechou a janela do quarto, pois a chuva estava muito forte e ia molhar a cama de Guto, que ficava bem próxima à janela.

Pierre tirou o tênis, sentou-se na cama de Ed, pegou o caderno que estava com Guto e o abriu. Começou a folhear.

Essa não! Não, não era possível! Caramba! Como Ed tinha conseguido esconder aquilo dele? Do seu melhor amigo?

Pierre começou a gargalhar. Quem diria... o grande Ed escrevia um diário. Ah, Pierre não via a hora de encontrar o amigo para mostrar-lhe sua descoberta.

Na segunda página, havia vários adesivos das laranjas assassinas. "Mas esse Eduardo é brega mesmo...", Pierre não pode deixar de pensar. Leu algumas páginas mais e se divertiu lembrando alguns episódios que viveu com o amigo.

Um barulho forte de trovão fez Pierre voltar à realidade. Lembrou-se do motivo que o trouxera até ali: se Ed não estava em casa, aonde ele estaria? Se ao menos ele pudesse ter certeza de que o amigo não havia aberto o livro, que estaria a salvo...

Guto continuava se balançando no meio do quarto e olhando para o nada. A chuva continuava com uma força incrível, as gotas d'água pareciam pedras no vidro da janela e o vento era tão forte que parecia uma tétrica canção assobiada por ninguém.

De repente, Guto olhou para Pierre com um olhar fixo, que Pierre nunca tinha observado antes. O garoto parecia estar tentando se comunicar com ele. Lembrou-se da dona Clara dizendo que Guto era capaz de coisas surpreendentes. Estava começando a entender o que ela queria dizer. Então olhou para Guto:

– Guto, sei que você sabe o que aconteceu. Me ajuda a descobrir onde está Ed.

Guto continuou olhando para Pierre mais um pouco e, de repente, levantou e caminhou até a porta do quarto. Então olhou para trás e saiu correndo. Pierre ficou alguns segundos parado. "Eu sou um escoteiro. Por que não seguir meus instintos e arriscar? Afinal Guto é minha única – e talvez última – salvação", pensou Pierre. E saiu correndo atrás do garoto:

– Espera, Guto, espera!

O garoto tinha se escondido atrás de um enorme vaso de barro, com uma planta que parecia um coqueiro. Pierre se aproximou e Guto saiu correndo do esconderijo, esbarrando sem querer no vaso, com força, e desceu as escadas.

Quando Pierre tentou descer atrás dele, tropeçou em algo. Era a ponta de alguma coisa, dura, vermelha... Era o LIVRO!!!

Pierre sentiu um arrepio que subiu até os cabelos.

Por um momento, ele até se esqueceu de Guto. Abriu o botão e um pouquinho do zíper da bermuda para ganhar mais "espaço" para conseguir sentar no chão ao lado do vaso. Hesitando um pouco, pegou o livro, olhou-o por alguns minutos, mas o manteve fechado. Estava com medo.

O barulho da tempestade o fez lembrar que, embora as coisas estivem muito estranhas, ele precisava achar Ed, quem sabe até salvá-lo. Olhou fixamente para o livro fechado. A capa dura, vermelha, velha. Ele precisava afastar o medo. Passava os dedos gordinhos e curtos nas letras douradas em alto relevo na capa. Nada do que estava escrito na capa lhe servia de pista.

Pierre respirou fundo e abriu o livro vermelho... Seu coração estava acelerado. Enxugou o suor frio da testa. Viu a primeira página em branco. Respirou mais uma vez, virou a página e...

– Ahhhhhhhhhhhhhhhhhhhhhhh..............

Capítulo VI

Missão possível?

Houve um estrondo e então um enorme choque contra o chão. Poeira.

A batida contra o chão foi forte, e ele levou algum tempo para que as ideias se reorganizassem em sua mente. Pierre abriu os olhos devagar, tossindo e se sentindo tonto, sem se dar conta do que tinha acontecido. Tudo que conseguiu ver foi um enorme céu azul e nuvens brancas acima de sua cabeça. O garoto se levantou com cuidado, sentindo o corpo dolorido, passou a mão por sua roupa coberta de folhas e terra. Olhou ao redor e viu muitas árvores, flores e plantas de todos os tipos, cores e cheiros. Parecia uma mata fechada, cortada apenas pela luminosidade do Sol que transpassava um pouco pelos galhos grossos das árvores.

Olhou para o lado e viu Guto caído no chão, tentando se levantar e batendo as mãos no short branco para limpar a poeira. Levantou-se, espreguiçou, olhou para Pierre e sorriu.

Pierre, sem entender o que se passava diante de seus olhos, falou:

– Caramba… onde é que eu estou? Como vim parar aqui? O que o Guto está fazendo aqui? – Pierre perguntou para o nada.

Ele fechou os olhos por um momento e acreditou que estivesse sonhando: "Não, não, não, só pode ser um sonho. Na realidade, um pesadelo. Fiquei fazendo o trabalho de Geografia à noite e estou super cansado. É o trabalho. Ele me deixou exausto. E aquele Lucas fez picadinho dele. Só pode ser isso mesmo, estou tão cansado que estou tendo um pesadelo e logo vou acordar de boa na minha cama, com cheiro do pão da mamãe. Daqui a pouco vou entrar no ônibus, sentar ao lado de Ed e ir para a escola normalmente. Basta eu me beliscar e pronto".

Pierre fez menção de se beliscar, mas sentiu uma mordida em seu pé. Deu um grito e olhou para baixo para ver o autor da mordida:

– Ora, pare de gritar como um louco! Vai acordar a todos na floresta. Você por acaso sabe que horas são? Olhe para cima, o céu está azul, o sol vai alto. É madrugada, todos devem estar em seus tranquilos sonos e você não vai querer estragar a tranquilidade desse lugar, vai?

– Vo-vo-você está falando comigo? Quem é você? O QUÊ é você? – Pierre estava completamente perdido, sem nenhuma ação.

– Mas que pergunta tola – a criatura olhou o menino de cima a baixo com ar de pouco caso. – É o mesmo que eu perguntar a você, vendo todo o seu tamanho: ei, garoto, você gosta de comer, né? – e a criatura caiu numa gargalhada fina e comprida que mais parecia o barulho de muitos ratos juntos. – Eu é que deveria perguntar o QUÊ é você. Quanta impertinência... Ora, ora, ora! Você cai do nada aqui, no meio da madrugada com o sol a pino e ainda se acha no direito de fazer perguntas...

"Sol da madrugada? Não era possível. Que lugar doido era aquele?", pensou Pierre. Mas logo teve seus pensamentos interrompidos por uma voz de criança:

– Ele é bem engraçado, né, Pierre? – disse Guto.

Pierre olhou espantado para o menino e quase desmaiou. Com a boca aberta, ele não podia acreditar que aquela era a voz de Guto. Além de estar naquele lugar estranho, Guto ainda falava?

Guto começou a rir:

– Calma, Pierre. Você pediu para eu te ajudar a encontrar meu irmão. Não foi? Então vamos encontrá-lo.

– Eu sei... – respondeu com a voz trêmula, sem saber ao certo o que mais o assustava: aquela criatura falante ou o Guto falante! – Desculpa, Guto, mas como você aprendeu a falar? – perguntou Pierre finalmente.

– Eu sempre soube falar, Pierre. Vocês é que nunca me entenderam. Mas aqui nesta outra dimensão todos me entendem.

A criatura que tinha mordido o pé de Pierre esticou os braços finos e enormes, em desproporção com o corpo roliço, peludo e achatado, e bocejou. Tinha a boca enorme, os lábios finos e roxos, e seus dentes eram pontiagudos e amarelos. Sentou-se numa pedra e ficou olhando para Pierre.

Pierre estava definitivamente confuso. Não sabia o que pensar daquela situação inusitada e "real" demais. Queria saber um pouco mais sobre a "transformação" de Guto e aonde estavam. E curioso. Ele estava muito curioso.

– O livro! O livro vermelho! – gritou. Foi o livro que nos trouxe até aqui. Ed deve estar aqui também!

Pierre sentiu uma ponta de orgulho por ter feito essa associação, afinal ele era um escoteiro! Ele não tinha nada a temer. Estava numa floresta cheia de criaturas esquisitas e falantes, era só isso. Agora era só encontrar o amigo para que pudessem ir embora dali o quanto antes!

– Pare de me olhar com essa cara de nada com coisa alguma, moleque! – exclamou a criatura. – Já que me acordou e estamos aqui sozinhos, vamos às apresentações: sou Strouco, estranho de mãe e louco de pai. E vocês, intrusos atrapalhados? Quem são?

– Meu nome é Pierre, Pierre de mãe e sem pai, porque meu pai morreu quando eu tinha oito anos de idade.

O garoto limpou a mão ainda suja de terra na bermuda e a estendeu à criatura, que, em vez de apertá-la de volta, como fazem os humanos, cheirou-a e lambeu-a, oferecendo depois a sua própria mão para que Pierre fizesse o mesmo.

– Você não está querendo que eu cheire e lamba sua mão, tá?

– Pierre sentiu náuseas só de imaginar, mas, para sua sorte, a criatura com cara de incredulidade soltou o braço ao longo do corpo.

– Ok, então. Eu já percebi que do lugar de onde você vem, as pessoas não têm o menor senso de respeito com o outro. E você, garotinho que não falava e agora fala?

Guto estendeu a mão e sem o menor preconceito disse:

– Eu me chamo Guto. Muito prazer! – cheirando e lambendo a mão da criatura.

– Strouco. O prazer é todo meu – respondeu, fazendo seu costumeiro gesto de saudação, melecando a mão de Guto.

Pierre olhava para Guto e para o senhor Strouco e não acreditava no que estava vendo.

– Mas, o que fazem aqui, senhores Pierre e Guto?

Pierre ainda tentava compreender tudo o que lhe acontecera desde que saíra de sua casa naquela tarde para procurar por Ed. Olhou fixamente para a criatura sentada numa pedra e viu que ela estava com o dedo dentro do ouvido, fazendo movimentos circulares. Concluiu que não tinha muita escolha, não entendera muito bem como fora parar naquele lugar esquisito e que aquela criatura era sua única chance.

– Bem, senhor Strano...

– Strouco, senhor Alfaerre.

– Pierre, senhor Strouco.

– Ah, sim, Pierre.

– Tenho um amigo, Ed, irmão desse aqui – e apontou para Guto. – Ele desapareceu misteriosamente. Na verdade, temos uma colega de escola que é uma bruxa. Ed encontrou um livro deixado por ela e depois disso ninguém mais o viu. Eu encontrei o livro e...

Guto interrompeu Pierre:

– Com a minha ajuda, não é, Pierre?

Pierre olhou irritado para Guto. Agora que ele sabia falar, iria falar toda hora?

– Isso mesmo. Com a ajuda de Guto, encontrei o livro e foi só abrir e de repente vim parar aqui, neste lugar. Acredito que, se eu vim para cá, Ed também deve estar aqui, em algum lugar.

– Pode ser, garoto – observou Strouco.

– Talvez Alícia seja daqui, talvez ele esteja correndo perigo... Senhor Strouco, o senhor bem que podia nos ajudar.

– Bom, vejamos... uma bruxa perde um livro, seu amigo o encontra, mas, em vez de devolvê-lo, prefere bisbilhotar o que não lhe interessa. Some. Então o senhor faz o mesmo e vem parar aqui junto com este menino que não falava e agora fala... Hum... História interessante, senhor Pierre, muito interessante.

– Sei que o que fizemos não foi certo. Minha mãe sempre diz que não se deve pegar aquilo que não nos pertence sem pedir autorização para o dono. Mas estávamos curiosos para saber se Alícia era uma bruxa mesmo. E acho que é. O livro dela fez o meu amigo desaparecer e me fez cair aqui neste lugar maluco junto com o Guto.

– Senhor Pierre, deveria seguir os conselhos de sua mãe. As mães sabem o que falam. Nunca pegue o que não lhe pertence, mas neste caso...

Não era o momento para Pierre ouvir conselhos do tal senhor Strouco. Entretanto, por via das dúvidas, ele baixou a cabeça e se limitou a perguntar:

– Então, o senhor vai nos ajudar?

O senhor Strouco olhou fundo nos olhos do garoto. Olhou ao redor, para a floresta, pensou nos perigos que estavam por vir e respondeu:

– Talvez seus amigos estejam na aldeia. Para chegar lá terão de atravessar o bosque, mas já está quase amanhecendo, vai escurecer e pode ser perigoso. Sugiro que vocês fiquem por aqui e sigam viagem amanhã. Não poderei acompanhá-los, minha orientação acaba aqui.

Pierre ficou assustado com as palavras do senhor Strouco.

– O que há nessa aldeia, senhor Strouco, e por que é tão perigoso atravessar o bosque para chegar até lá? – perguntou Guto.

Pierre não se espantava mais com as perguntas e conversas de Guto. Tudo o que tinha a fazer era se acostumar com a fantástica ideia de que o garoto agora falaria para sempre. E além do mais, o danado era espertinho e inteligente.

O tal monstrinho, que ora parecia legal e ora parecia perigoso, explicou:

– Nessa aldeia há uma mansão, um enorme casarão de pedra cercado de árvores carnívoras e bichos de muitas espécies, nunca vi ninguém voltar de lá vivo. Entretanto, senhor Pierre, o problema não é a mansão, mas sim os perigos que enfrentará para chegar até ela. O bosque pelo qual terão de atravessar tem vida, ele pulsa, há armadilhas. Além disso, se seu amigo realmente veio parar aqui, não creio que ainda possam encontrá-lo.

Strouco olhou Pierre demoradamente, balançou negativamente a cabeça e se deitou, assumindo a forma de uma bola.

Pierre estava apavorado com as descrições dadas pela estranha criatura, mas não podia desistir de Ed. Era essa a sua missão.

– Senhor Strouco, tem certeza de que não pode vir conosco? – Pierre suplicou.

– Absoluta! Você e seu amigo se meteram nessa encrenca sem a ajuda de ninguém, esse problema é de vocês. Agora pare de me amolar e siga seu caminho, gorducho.

Pierre respirou fundo, olhou a mata fechada à sua frente, sentiu um frio na barriga, deu um passo e quando ia se aventurar mata adentro foi interrompido por Strouco:

– Pierre, boa sorte, você vai precisar.

– Terei sorte, senhor Strouco, terei sorte.

Strouco olhou para Guto e nada disse.

Guto deu adeus ao monstrinho de quem tanto gostou e muito corajoso seguiu ao lado de Pierre.

Na verdade, Pierre disse aquilo com tanta certeza como se pudesse adivinhar se ia chover, ou não.

Capítulo VII

A floresta dos bugios

Pierre respirou fundo, pegou na mão de Guto e caminhou. Entrou na mata. Estava escuro, úmido e havia muitos obstáculos. Olhou para cima e viu um túnel feito de bambus gigantescos. Era tão denso que mal dava para o céu. Sentiu arrepios pelo corpo, olhava para todos os lados esperando que a qualquer momento aparecesse alguma coisa que o senhor Strouco tivesse mencionado.

Guto parecia não se incomodar com nada ao seu redor, aliás, parecia estar gostando da aventura perigosa e misteriosa.

Ao final da trilha de bambus, o cenário ainda continuava o mesmo. Árvores altas, com troncos largos e grossos e raízes contorcidas e expostas, enquanto suas copas fechadas não deixavam entrar qualquer claridade.

Pierre percebeu que estavam sendo seguidos. Escutava um farfalhar de folhas de árvores caminhando junto com eles, mas não conseguia ver quem era. Talvez nem quisesse mesmo ver. Apertou o passo, puxou Guto com força e continuou. As folhas começaram a se mover mais rápido também. Logo um som muito alto se espalhou pela floresta. Pierre não conseguia identificar o que poderia ser este som, nem de onde vinha. Era uma mistura de uivo com ronco, que ia se tornando cada vez mais alto. Era apavorante.

O pior era que o ruído parecia estar vindo na direção dos garotos. Pierre apressou o passo e Guto foi obrigado a acompanhá-lo. Guto olhava para o alto das árvores, admirando a natureza e tentando descobrir de onde vinha o som, sem se importar

com o risco que corriam e sem se lembrar dos avisos do senhor Strouco.

De repente, Guto se voltou para Pierre e só então se deu conta do seu desespero:

– Pierre, este barulho forte é de bugio – disse para tranquilizá-lo.

– O quê? Bugio? O que é isso?

– Você não sabe? Está no sétimo ano e não sabe o que é bugio? Para que vai à escola?

– Pare de palhaçada, Guto. Diga logo, seu espertinho, o que é bugio?

– É um macaco que vive na Mata Atlântica. Tem mais ou menos trinta a setenta e cinco centímetros de comprimento, pesa em média nove quilos e tem um grito estrondoso parecido com este que estamos ouvindo. O pelo dele varia de ruivo a castanho e a castanho escuro. E mais, é uma espécie ameaçada de extinção.

Pierre ficou de boca aberta ao ouvir as explicações de Guto. Por alguns instantes, esqueceu-se de seu medo e não conseguia acreditar no que estava vendo e ouvindo.

– Não me diga que aprendeu isto tudo na escola?

– Claro que não. Eu aprendi na TV, assistindo o *Descobertas Incríveis*! Você também deveria assistir.

– Ha-ha-ha! Muito engraçado. Deixa de história e vamos continuar. Já estou cansado, quero achar logo Ed e ir para casa. Minha mãe deve estar furiosa porque eu desapareci.

Guto balançou a cabeça de maneira afirmativa e seguiram floresta adentro.

O ronco dos bugios estava ficando insuportavelmente alto e cada vez mais próximo, mas, depois das explicações de Guto, Pierre parecia estar se acostumando à barulheira.

– Uau! O que é isso?

Guto caiu na gargalhada.

– Calma, Pierre, são os bugios. Não são lindos?

Havia vários bugios pendurados e espalhados nos diversos galhos das árvores ao redor dos meninos.

Um deles estava mais próximo, para que os garotos pudessem vê-lo e ouví-lo.

Pierre ameaçou sair correndo, e puxou Guto com tanta força que quase quebrou o braço do garoto.

– Cuidado, Guto, vamos nos proteger destes macacos. Eles vão nos matar!

– Deixa disso, Pierre.

– Olá, meninos! –cumprimentou um bugio.

– Acho que agora eu vou desmaiar de verdade! – Pierre caiu sentado nas folhagens. – Era só o que me faltava, além do irmão do Ed falar, o macaquinho também fala!

– É isso mesmo. Todos os seres vivos falam. Os animais, as plantas, as árvores. Tudo que é vivo fala, respira, sente. Só vocês, humanos, não percebem. E olhando para Guto, o macaco se dirigiu a ele de maneira diferente:

– Oh! Desculpe-me, amigo, sinto que você é realmente especial e sabe do que estou falando, não é?

– Ai, ai, ai! O que este macaco está querendo dizer, Guto? Tudo está muito estranho.

– Calma, senhor Pierre, logo saberá – continuou o bugio, pois tinha uma mensagem importante a dar aos meninos. – Sei que estão aqui para resgatar o garoto Ed. Sigam em frente com coragem, mas com muita atenção. Estávamos seguindo vocês porque o senhor Strouco é nosso amigo e nos pediu. Mas agora vocês deverão seguir sozinhos. Temos a certeza de que vocês conseguirão salvar seu amigo e o mundo.

– Como assim? O mundo? – perguntou Pierre.

– Ora, ora, senhor Pierre… Vocês são animais racionais e estão menosprezando a natureza, os animais, o meio-ambiente. Estão causando prejuízos e destruindo o planeta. Estão causando tragédias.

– Mas que tragédias?

– Deixe de conversa e perguntas, senhor Pierre. Siga, pois ainda tem muito mistério pela frente. Porém, tenham cuidado. Daqui em diante, nós, os bugios, não os seguiremos mais. Cuidado, muito cuidado. Prestem atenção por onde pisam, pois muitas armadilhas estão espalhadas pela floresta negra. Há criaturas que gostam de enganar garotos como vocês. São criaturas egoístas e malvadas que estão disfarçadas.

– Mas disfarçadas de quê, senhor Bugio?

– Não sabemos também, mas não podemos seguir adiante, pois querem exterminar nossa espécie, por isso ficamos nesta parte da mata.– Adeus, crianças - disse o macaco.

Os garotos acenaram aos macacos e seguiram adiante.

Com um coral de roncos e uivos, os bugios se despediram dos meninos, desejando-lhes boa sorte.

Pierre sentiu necessidade de desabafar, pois seu desespero diante de tudo que estava acontecendo era enorme.

– O que está acontecendo? Pelo que estou percebendo você sabe de alguma coisa!

– Pierre, sei tanto quanto você. É que você não prestou atenção direito ao que os bugios falaram.

– Ah! Prestei sim. Disseram que se a espécie deles acabar o mundo também acabará.

– Não, Pierre, ouça… Na realidade, o senhor Bugio quis dizer que as espécies EM GERAL estão sendo ameaçadas e o mundo sofrerá com tudo isso também. Entendeu?

– Mais ou menos. Você quer dizer que alguém ou algo poderá destruir o mundo dos macacos e de outros animais?

– Isso mesmo.

– Sabe, desse jeito, agora só falta uma onça pintada surgir na minha frente dizendo que quer ser minha amiga só para eu salvá-la.

– Pare de resmungar. Vamos logo.

Pierre e Guto continuaram andando, calados. Podiam sentir a umidade e o silêncio assustador da floresta. Não ouviam nenhum som, a não ser o barulho monótono de seus próprios passos.

Depois de muito tempo, Guto resolveu quebrar o silêncio:

– Pierre, eu tenho certeza de que encontraremos logo meu irmão e Alícia. Vamos todos voltar juntos pra casa e comer da comida gostosa que a minha mãe prepara e você tanto gosta!

Pierre nada dizia. Parecia estar preocupado, com várias indagações na cabeça, com muito medo e cansado.

Guto não queria que Pierre desanimasse e para aliviar a situação, continuou a conversa, tentando deixá-lo mais animado:

– Sabe Pierre, o Gibson é muito esperto. Quando minha mãe não está na sala, ele sobe no sofá, vira de cabeça pra cima, e fica como rei tirando uma soneca. Assim que percebe que a minha mãe está chegando, vira rapidinho e sai correndo. Eu fico no canto da sala só observando.

Pierre nada.

Continuaram a caminhar no mesmo ritmo. Guto continuou a falar sem parar.

– Sabe Pierre, eu li o diário de Ed. Ele escondia embaixo do colchão, mas eu descobri e li o diário todo. Nossa! Tem tanta coisa escrita que dá um livro! O que acha, Pierre? Diga alguma coisa!

Mais uma vez sem nenhuma reação ou resposta de Pierre, Guto tenta outra estratégia:

– Sabe, Pierre, eu descobri que o símbolo π tem a ver com a relação entre o perímetro de uma circunferência e o seu diâmetro. Você sabia disso?

Pierre parou de repente. Como isso podia estar acontecendo? Um menino que não falava nada e agora não parava de tagarelar?! Nossa! Nem o Ed, que gosta tanto de conversar, iria aguentar o que estava ouvindo agora!!!

Guto continuou andando e falando sem parar:

– E também descobri que o núme...

Pierre não deixou que Guto terminasse de falar. Perdendo a paciência gritou:

– Chegaaaaaa!

Guto parou na hora de caminhar. Ficou tão assustado com o grito de Pierre que começou a soluçar.

– Guto, desculpe. Não era minha intenção fazer você chorar, mas eu estou nervoso e com medo. Tudo parece muito estranho. Ultimamente tudo está diferente. Surge Alícia em nossas vidas. Surge um livro misterioso. Ed desparece. Não sei que lugar é este. Como pode alguém cair dentro de um livro e despencar numa floresta? Aí aparece um monstro em formato de bola, um bando de macacos falantes, e você... Você que nunca falou e agora não para de falar. E pior: não é um pesadelo, é tudo verdade.

Aos poucos, Guto foi parando de chorar.

– Pierre, também estou assustado, mas não adianta ter medo.

– Você tem razão. Vamos continuar. Só uma pergunta... Como você descobriu aquele negócio sobre o meu apelido?

– Vi no programa "Enigmas da Matemática".

"Uau!" pensou Pierre.

Nesse instante, folhas e galhos começaram a balançar com tal força que produziram sons arrepiantes, anunciando uma tempestade. Pela segunda vez, Guto engoliu a fala. O barulho era assustador.

Os dois começaram a correr à procura de um abrigo antes que a ventania os carregasse. Com a respiração ofegante e tropeçando em troncos caídos, eles tinham que usar as mãos para afastar os galhos que os impediam de enxergar o caminho à frente.

Muito cansados e com a tempestade piorando, Pierre começou a se desesperar. Mas, de repente avistou, lá longe, no meio do arvoredo, um chalé de madeira. Era o fim da trilha.

Capítulo VIII

Um estranho chalé

Era um modesto chalé de madeira velha, com uma pequena chaminé e um terraço com duas cadeiras de balanço.

O chalé parecia abandonado, mas saía uma fumaça pela chaminé que fazia espirais com o vento.

Com receio, os meninos se aproximaram tentando ouvir algum barulho ou um outro sinal de vida.

Desconfiados, eles ainda ficaram um tempo atrás de uma árvore para ver se percebiam algum movimento.

E agora: abrir ou não a porta?

Guto encorajou Pierre:

– Vamos! Vamos entrar!!!

– E se... se... e se tiver alguém escondido lá dentro? Pode ser perigoso!

– Pierre, estamos aqui há um tempão e ninguém saiu ou entrou. Vamos arriscar. Logo esta ventania vai aumentar e nós vamos sair voando por esta floresta afora.

Os dois amigos respiraram fundo e se aproximaram.

Subiram os degraus do terraço bem devagar e Pierre girou a maçaneta e empurrou a porta.

Seus olhos se arregalaram com o que viram dentro do chalé.

Um cheiro gostoso de lavanda preenchia todo o chalé. A lareira estava acesa e apenas dois lampiões conseguiam iluminar todo o chalé.

Havia duas camas do lado esquerdo da sala, que pareciam bem confortáveis, com lençóis limpos. Do lado direito, viram uma mesa com pão, manteiga, geleia de morango e uma jarra com leite achocolatado.

Pierre entrou correndo e se jogou na cama. Começou a pular e rir de alegria. Deu um salto e foi parar perto da mesa para devorar tudo que estava sobre ela.

Desconfiado, Guto disse:

– Calma Pierre, como pode ter tudo isto aqui se não tem ninguém? Será que alguém sabia que viríamos para este chalé? Lembra do que o senhor Strouco falou? E os Bugios? Alguém pode estar nos vigiando, pronto para nos atacar!

– Deixa de conversa de gente grande, Guto. Vamos comer, dormir um pouco e amanhã seguimos nosso caminho. E o senhor Strouco? Ele lá sabe de tudo? Sabe nada!

Guto não estava gostando nada daquilo, mas sabia que Pierre por comida esquecia qualquer coisa. Enquanto Pierre comia, Guto ficou de olhos bem abertos esperando qualquer surpresa. Mal sabiam eles que a surpresa já estava dentro do chalé.

– Pierre, estou com um mau pressentimento.

– Deixa disso, fique tranq...

Antes que Pierre pudesse terminar a frase, ouviu um barulho esquisito.

– Que foi isto, Guto?

– A lareira e os lampiões se apagaram.

– Como assim? Sozinhos?

– Acho que foi o vento – disse Guto.

Pierre começou a suar frio, com medo da escuridão, mas não queria que Guto percebesse.

– Ok. Acho melhor dormirmos, então.

Apavorado, ele pergunta para Guto:

– Guto, ficou meio frio, né? O que você acha de dormirmos na mesma cama? Você dorme nos pés e eu na cabeça.

– Ótima ideia! – responde Guto, também apavorado.

Tateando os móveis no escuro, eles andaram devagar até encontrarem o pé da cama de madeira. Mais que depressa, enfiaram-se debaixo dos lençóis.

– Amanhã, assim que a gente acordar, vamos procurar o caminho até a mansão para encontrar Ed – falou baixinho Pierre.

– Mas Pierre, como vamos procurar a mansão se o chalé é o final da trilha?

– Nada é impossível para um escoteiro. Deve haver outra passagem nesta floresta, e nós vamos descobrir! – respondeu Pierre, disfarçando o medo.

– Não há outra passagem – disse uma voz suave e tranquila que vinha de algum canto do chalé.

Pierre e Guto saltaram para fora da cama e ficaram em pé como estátuas. Pierre cochichou para Guto:

– Vvvvooooocê ouviu isso?

– Simmmmm – disse Guto. – De quem será esta voz?

– Acho que é mais um ser estranho deste lugar.

E de dentro da lareira surgiu uma bela moça, trajando um vestido longo esvoaçante, branco, enfeitado com purpurinas que brilhavam como estrelas. Seus cabelos eram loiros e lisos, e estavam presos por uma coroa de flores brancas. Seus olhos eram verdes e ela emanava um perfume delicioso.

– Vocês gostaram daqui?

Estonteados com tanta beleza, os dois garotos só conseguiram responder que sim com a cabeça.

– Ótimo! Eu sei o que vocês desejam aqui na floresta, e posso ajudá-los.

– Que fantástico! Precisamos encontrar Ed – disse Pierre todo contente.

– E Alícia também.

– Não, Guto! Alícia é uma bruxa. Foi ela quem raptou seu irmão!

Sem eles perceberem, a bela moça deu um sorrisinho.

– Eu vou ajudá-los, mas em troca também preciso da ajuda de vocês.

– Ajudá-la? – indagou Pierre.

– Isso mesmo. E aí eu posso ajudar vocês a encontrar Ed.

– E também Alícia. Eu sei que ela é uma garota do bem – insistiu Guto.

– Eu sou o mais o velho, Guto. Quem conhece a menina sou eu. Vamos procurar o Ed. A Alícia deve tê-lo mantido prisioneiro no casarão que o senhor Strouco mencionou!

– Ah! O senhor Strouco falou de um casarão? – perguntou a bela moça.

– Sim. Você o conhece? – perguntou Pierre.

– Conheço, e vocês não deveriam ter confiado nele. Aquela bola de pelos é um perigo disfarçado.

– Viu, Guto? Ele nos empurrou para a floresta e fez os bugios nos seguirem!

Os olhos da moça se arregalaram quando Pierre mencionou os bugios. Ela continuou a perguntar:

– Bugios? Vocês falaram com os bugios?

– Sim. E tinha um montão deles. Nunca vi coisa igual. Até que eles pareciam simpáticos.

A moça de repente se transformou. Em poucos segundos deixou sua serenidade e aparência singela de lado e parecia ser outra pessoa.

Guto logo percebeu algo estranho no ar.

– Não. Vocês mais uma vez se enganaram. Aqueles malditos macacos não valem nada. Eles precisam ser exterminados.

– O quê? – interrompeu Guto, muito espantado.

Até Pierre estranhou o jeito dela.

– Como assim, senhora? Os macacos disseram que corriam perigo e... – falava Guto.

– Não diga mais nada, menino. Preciso que vocês me mostrem onde eles se escondem.

Os meninos se entreolharam e tiveram o mesmo pensamento: se os bugios eram do bem, logo... a moça de aparência bonita só podia ser do mal.

VIII · UM ESTRANHO CHALÉ

Com toda a força de seus pulmões, responderam juntos:

– Nããо!

Uma pequena espiral de poeira surgiu ao redor da moça, levando-a para o espaço enquanto ela gritava:

– Malditos garotos! Pestinhas mirins! Vocês não conseguirão salvar os macacos, nem floresta alguma e nem o mundo!

Ela soltou uma gargalhada e desapareceu.

Logo em seguida, os meninos perceberam no fundo do chalé uma nuvenzinha azul-claro. Parecia que alguém estava surgindo de dentro dela.

Temerosos, esfregaram as pálpebras e quando abriram os olhos, tiveram uma surpresa:

– Senhor Strouco! – exclamaram ao mesmo tempo.

– Muito bem, meninos! Isso mesmo! Não se deixem iludir pelas aparências. Às vezes elas nos enganam. Vocês passaram pela Casa da Ilusão. Parabéns! Continuem, procurando por Ed – dizendo isso, desapareceu.

– E agora, Pierre, o que vamos fazer?

– Bem, Guto, vamos descansar um pouco e amanhã bem cedo continuaremos nossa caminhada à procura de Ed.

– E de Alícia!

Pierre não aguentava mais ouvir Guto insistir que a estranha Alícia era do bem. Resolveu não mais dar ouvidos e só concordou para não contrariá-lo.

– Mas, antes de dormir vamos comer um pouquinho. Esta confusão me deu uma fome!

Guto caiu na risada, pois Pierre era mesmo um comilão.

Na manhã seguinte, os garotos acordaram com a lareira acesa. Um novo bule de leite quente e um cesto de pãezinhos frescos estavam esperando por eles na mesa. Sem querer indagar como tudo havia acontecido, os meninos comeram e foram para o terraço procurar um meio de saírem dali. Olharam para todos os lados e não conseguiram encontrar nenhuma trilha. Até a antiga não estava mais lá.

Desanimados, sentaram nas cadeiras de balanço. Assim que sentaram, elas começaram a girar como um pião. Eles foram subindo, subindo, subindo e começaram a gritar... E, de repente, VUPT: eles desapareceram.

Capítulo IX

Os rúneres

— **P**ierre, o-o-o que está acontecendo? – berrou Guto, tremendo de medo.

– Sei lá, segure firme! – respondeu Pierre, com a voz alterada e agarrando-se ao assento de sua cadeira. Depois de tanto girar, as cadeiras jogaram literalmente os garotos nas folhagens de uma outra parte da floresta. Tentando se levantar, eles começaram a rir.

– Até que foi divertido, não é, Pierre?

– É. Fiquei um pouquinho tonto, mas tudo bem!

Os dois se levantaram e tentavam descobrir aonde estavam. Pierre avistou um caminho que parecia ter sido aberto por um trator.

Mas como poderia um trator passar por ali? O caminho não era muito largo e era cercado por plantas espinhosas e entrelaçadas que mal deixavam entrar um raio de sol. Bem, mas tudo era possível naquela floresta, não adiantava ficar fazendo suposições para decifrar certas coisas que aconteciam ali. "A única opção é seguir adiante", pensou Pierre.

– Venha, Guto. Vamos por aqui!

Com Guto à frente, Pierre seguia logo atrás, olhando para os lados, com medo de que alguma armadilha surgisse por detrás das plantas escuras e enormes.

– Aii! – gritou Guto.

Pierre olhou para baixo e viu Guto afundando num lamaçal. O que seria isto?

– Pierre, me ajuda! Estou afundando. Isto é areia movediça!

– Como você sabe que é areia movediça?

– Eu vi no *Descobertas Incríveis*! Me tira daqui!

– Calma Guto, me deixa pensar.

Pierre ficou desesperado. Não sabia como salvá-lo. Olhou para as plantas e teve uma ideia: lembrou que o senhor Tony, seu monitor de patrulha havia ensinado a fazer um nó-cego com cipó ou caule das plantas.

Como não encontrou nenhum cipó, Pierre arrancou os caules de algumas plantas gigantes para fazer uma corda. Mentalmente pediu desculpas às plantas, mas naquele momento não havia outra saída.

Enquanto isso, Guto gritava desesperado para que ele não demorasse muito porque ele estava sendo engolido pela areia movediça.

Pierre jogou a corda, e Guto, só com os braços para fora, agarrou com força a corda. Com enorme esforço, Pierre puxou-o para fora da areia movediça.

Tentando limpar um pouco da lama que havia grudado em seu corpo, Guto disse ao amigo:

– Nossa, Pierre, muito obrigado. Você me salvou!

Pierre, todo orgulhoso de seu feito, respondeu:

– Sou um escoteiro, lembra? O senhor Tony não vai acreditar quando souber o que eu fiz. Agora vamos! E muita atenção, essa floresta é cheia de armadilhas!

– Quanto será que falta ainda para chegar ao casarão aonde estão Ed e Alícia?

– Não sei, mas algo me diz que não falta muito.

Mais uma vez a nuvenzinha azul-claro apareceu.

– Muito bem, meninos. Mas cuidado com os rúneres. Vocês vão conseguir, acreditem. Sigam sempre juntos.

– Rúneres? O que é isso? – indagou Pierre, aflito.

– Deve ser mais uma das armadilhas da floresta. Vamos, Pierre nós vamos conseguir.

E o senhor Strouco sumiu da mesma maneira que surgiu.

A floresta parecia não ter fim, nem saída. Olhavam desconfiados ao redor e suspeitavam de qualquer ruído que ouviam. Percebiam as plantas se moverem em todas as direções e apuravam os ouvidos, mas os sons se misturavam, pareciam vir de dentro da terra, como se fossem emitidos por criaturas rastejantes.

Aos poucos passaram a distinguir sons mais fortes e mais graves. Pierre estava com medo:

– Guto, será que os bugios ultrapassaram os limites permitidos?

Guto olhou ao redor e finalmente percebeu que não eram os bugios. Eram criaturas pavorosas, como ele nunca tinha visto. Uma dessas criaturas aproximou-se dele e abriu uma boca enorme, com dentes bem afiados, como os de um vampiro.

Ao ver aquilo, Guto se assustou e gritou:

– Corra, Pierre! Não são os bugios!

Correndo o mais rápido que podia, sem saber para onde, Pierre gritou:

– O que são essas coisas, senhor TV a cabo?

– Não sei, mas são coisinhas com dentes bem afiados. Devem ser os rúneres! E são muitos, muitos deles! Corra!

As coisinhas estranhas tinham cerca de vinte centímetros de comprimento. Eram peludos, vermelhos, de cabeça pequena com listras pretas pelo corpo, orelhas peludas, olhos esbugalhados com íris vermelhas e cílios enormes, pernas curtas e patas monstruosas. E corriam em disparada atrás de Pierre e Guto.

As criaturas eram ligeiras e emitiam sons muito estranhos. Corriam em bando, e balançavam seus braços-patas, com garras bem afiadas. Era de arrepiar!

De repente, os rúneres cercaram Pierre e Guto. Estavam numa parte mais aberta da floresta. Fizeram um grande círculo e começaram a pular.

Para despistá-los, Guto teve uma ideia:

– Vamos começar a correr em zigue-zague. Eles tentarão nos perseguir e ficarão zonzos. Então tentamos escapar!

Foi exatamente o que aconteceu. Os meninos começaram a correr de um lado para o outro e os rúneres foram atrás deles. Eram bem ligeiros, mas como eram muitos, começaram a se esbarrar uns nos outros, tropeçando em suas patas gigantes.

Pierre, quase sem fôlego, ouviu a vozinha de Guto, no meio da correria:

– Pierre, olhe ali na frente! Aquela árvore tem um buraco enorme. Entre nela agora!

Ao mesmo tempo, eles se jogaram dentro do buraco da grande árvore.

Eles caíram como se estivessem dentro de um túnel interminável. Depois de um tempo de queda, eles foram cuspidos para fora do tronco e caíram numa espécie de tapete de grama, alta e macia.

Capítulo X

O reencontro

Era um lugar maravilhoso. Borboletas com asas transparentes voavam ao redor. Pássaros de todas as cores e plumagens vinham pousar perto deles. Alguns pairavam no ar por alguns instantes, batendo as asas, como se quisessem dizer alguma coisa.

Havia canários e sabiás cantando. Um pica-pau fazia um ninho no tronco de uma árvore. Pierre olhou para cima e avistou no céu azul um grande pássaro de asas brancas, bico comprido e pescoço negro.

– Olhe isso, Guto – exclamou –, como ele é lindo!

– É um tuiuiu, Pierre. Tenho certeza! Olhe a coleira vermelha embaixo do pescoço!

Os meninos mal podiam acreditar no que viam. Tucanos coloridos com seus enormes bicos voavam em revoada. Araras-azuis vinham logo atrás.

Cotias apareciam na frente dos garotos, desaparecendo depois entre as plantas. Guto explicava tudo para Pierre:

– Olhe! São iguanas, subindo nos caules das árvores.

Garças brancas passeavam pelas águas transparentes de uma imensa lagoa.

As águas eram tão claras que os meninos viam os peixes deslizando no fundo.

Um bando de enorme aves rosadas, de pernas longas, passou ao lado dos meninos.

– Parece um desenho animado! São flamingos! – exclamou Pierre, com os olhos brilhando.

– Não, Pierre – corrigiu Guto –, são "colhereiros", o bico deles parece uma colher! Eles usam o bico para catar mariscos na beira do rio...

– Já, sei, já sei... você viu isso no *Descobertas Incríveis,* não é?

Os dois amigos riram. A alegria deles era tão grande que por um momento se esqueceram de sua missão.

O sol estava começando a se pôr, emitindo raios de todas as cores. Ipês carregados de flores e imensas palmeiras com folhas em forma de leque completavam o cenário.

Lá longe, eles finalmente acharam o que estavam procurando: um belo casarão de pedras grandes, cercado de plantas e protegido por um muro alto.

– Olhe, Pierre! Parece o casarão que o senhor Strouco falou! Será que não é outra armadilha?

– Não sei. Mas vamos até lá antes que escureça!

Pierre estava tão entusiasmado que foi marchando à frente, deixando Guto um pouco para trás.

De repente, Guto percebeu um movimento sorrateiro entre as plantas próximas do casarão e parou para observar melhor.

Eis que um caule imenso brota do chão e abre uma bocarra, seguindo na direção de Pierre. Guto deu um grito:

– Pierre, cuidado! Tem uma planta carnívora se esticando em sua direção! Ela vai te engolir!

Guto olhou ao redor para procurar algo para salvar Pierre e encontrou no chão um galho comprido e duro. Mais que depressa, bateu com muita força na "cabeça" da planta, que tombou.

– Ufa! Obrigado, amigo – agradeceu Pierre.

Pierre também pegou um galho e começaram a caminhar com cuidado, cutucando as plantas para ver se elas se mexiam. Muitas delas começaram a se movimentar tentando atacá-los, até que conseguiram atravessar todo o caminho margeado pelas plantas carnívoras.

Ao se aproximarem do muro do casarão, eles não conseguiram ver nenhuma entrada. Decidiram pular o muro. Empilharam algumas pedras grandes que estavam próximas, e as usaram como degraus.

— Pierre, você será a "pedra" mais alta da pilha. Sobe primeiro! – disse Guto, brincando com o nome do amigo.

— Isso lá é hora de fazer graça, Guto?

Subiram devagar para que a pilha não desabasse.

Do outro lado, Guto disse:

— Vamos procurar a entrada do casarão.

O casarão de dois andares e com muitas janelas era rodeado por um tapete de capim dourado e macio. Uma grande porta de madeira toda trabalhada com uma maçaneta dourada ficava bem no centro dele. Os garotos se aproximaram da porta e bem devagar a abriram. Pierre entrou primeiro, e Guto foi logo atrás, empurrando as costas do amigo com as duas mãos.

Todos os móveis estavam cobertos com lençóis brancos. Mesa, sofás, enfeites, tapetes. Totalmente cobertos. Avistaram no centro da sala uma escada caracol com um corrimão dourado e decidiram subir. Quando chegaram ao andar de cima, viram vários quartos, todos com a porta fechada. Um olhou para o outro. Guto, sussurrando, perguntou a Pierre:

— E agora, o que vamos fazer?

— Procurar em todos os quartos. O senhor Strouco disse que Ed estaria no casarão.

— Ok.

Os meninos seguiram em silêncio, pisando bem devagar, e se dirigiram à primeira porta do corredor. Pierre abriu a porta bem devagar. Os móveis do quarto também estavam cobertos com lençóis. E a janela fechada.

Deu um passo para trás e fechou a porta. Em frente a esse quarto havia outra porta. Pierre a abriu devagar e encontrou o mesmo cenário. Não havia ninguém e todos os móveis estavam cobertos. E isso aconteceu em todos os quartos do corredor.

Os dois se entreolharam com desânimo.

– Será que o senhor Strouco nos enganou?

– Não, Pierre. Vamos procurar em todo o casarão. Eles devem estar em algum lugar!

– Talvez presos em algum lugar! – exclamou Pierre.

Desceram as escadas pensando em que cômodo do casarão poderiam estar Ed e Alícia.

Vasculharam as grandes salas do térreo, a copa, banheiros, a cozinha e nada. Ao entrarem numa pequena dispensa ao lado da cozinha, avistaram na parede do fundo uma porta que dava para o porão.

Os dois abriram a porta estreita e desceram a escada. O porão estava mal iluminado e aos poucos começaram a enxergar com mais nitidez.

No fundo do porão avistaram um vulto. Era Ed. Ele estava sentado à frente de uma escrivaninha com uma lanterna, lendo um livro.

Assim que Pierre avistou o amigo, deu um berro e quase desmaiou de emoção. Ed, com toda calma do mundo, levantou da cadeira, cumprimentou e abraçou Pierre.

– Ed... amigo... O que aconteceu?

– Oi, Pierre... – quando Ed começou a falar, avistou Guto. Muito espantado, perguntou:

– O que meu irmão está fazendo aqui, Pierre?

– Nem queira saber. É uma história e tanto.

Guto se aproximou do irmão e o abraçou:

– Eu vim com ele para ajudar a te encontrar e salvar o mundo.

Ed parou, olhou para o irmão e caiu sentado na cadeira:

– Você fala? Como pode?

– Ah... Ed, se eu te contar o que tem acontecido, você não vai acreditar em nada. Seu irmão fala e fala muito. Sabe de coisas que você nem imagina. Você vai se surpreender com ele!

Ed foi ao encontro do irmão e o abraçou tão forte que Guto reclamou:

– Para, Ed, assim você me sufoca.

Ed ficou tão emocionado ao ouvir a voz de Guto, que começou a fazer mil perguntas ao mesmo tempo, sem conseguir controlar a emoção. Queria saber tudo: como tinham se encontrado; como tinham chegado até ali; como Guto aprendeu a falar...

Guto também disparou a contar toda a aventura, sem deixar escapar nenhum detalhe.

Pierre interrompeu os irmãos:

– Depois vocês conversam com calma. E agora conte você, Ed, como apareceu aqui?

Ed contou que na noite anterior, antes de dormir, havia ficado muito curioso para saber o que tinha no livro de Alícia. Abriu a primeira página e viu que ela estava em branco. Quando virou a página, apareceu Alícia com as duas mãos estendidas e puxou-o para dentro do livro. Quando percebeu, já estava no casarão.

– Eu sabia que essa Alícia era uma bruxa.

– Calma, cara! Me deixa terminar de explicar.

Nesse instante, Alícia apareceu. Pierre começou a tremer de medo. Tirou seu lenço de escoteiro do pescoço e sacudiu-o freneticamente na direção dela, tentando afugentá-la.

– Cara, relaxa! Alícia é uma garota do bem.

– Não é não! Ela pegou você no livro de bruxaria – disse, puxando Ed pelo braço –, vamos embora daqui!

Ed deu um tranco e manteve o corpo parado na frente de Pierre, detendo os movimentos do amigo.

– Alícia precisa de nossa ajuda para salvar a Terra. Coisas terríveis estão acontecendo. Ela vai explicar tudo.

Assim que Pierre fixou os olhos em Alícia, ficou maravilhado:

– Esta é Alícia, a estranha? Não pode ser. Está tão diferente.

Alícia estava com os cabelos bem penteados, sedosos, usava um vestido de seda azul como o céu e estava descalça. Suas unhas eram claras e cintilantes, e estavam bem curtas. Realmente não parecia a mesma Alícia do colégio.

A garota fez um gesto para que todos se acomodassem no chão e começou a contar sua história. Falava com uma voz suave, com muita serenidade.

– Ah! Ela está diferente e agora TAMBÉM fala. Interessante, não? Aqui tudo pode acontecer...

– Chega, cara, escute, por favor! – pediu Ed, já um pouco aborrecido com o descrédito de seu amigo. – Fale, Alícia, conte a eles.

Alícia então explicou:

– O planeta está passando por um período de muitas transformações e dificuldades. Muitas populações estão sofrendo. Os recursos naturais estão sendo ameaçados. Desmatamentos podem acabar com uma das maiores florestas do mundo, a Floresta Amazônica. Muitas espécies de animais correm risco de extinção. Há desperdício de alimentos, os solos estão sendo degradados, a atmosfera está poluída. Com as mudanças climáticas, a água vem diminuindo. Sem água limpa e ar para respirar, o mundo estava caminhando para o caos. É preciso agir o mais rápido possível. O mundo corre o grande risco de ser destruído pelos próprios homens.

Pierre ouviu tudo e começou a se dar conta de que o assunto era mais sério do que imaginava.

– As crianças e os jovens são os responsáveis pelo futuro – continuou ela. – Depende de nós revertermos esse processo.

– Mas, o que nós podemos fazer? Somos apenas estudantes, jovens – disse Guto.

– Exatamente. Os mais jovens têm ousadia e curiosidade pelo novo. Crianças, os jovens não têm preconceito, aceitam as diferenças. Existe a chance de salvar o planeta que vocês continuarão habitando – disse Alícia com um belo sorriso nos lábios.

– Mas, afinal, quem ou que é você? Não é da Terra? Por que nos escolheu? – perguntou Pierre.

– Deixe que eu responda, Alícia – solicitou Ed.

– Alícia é alguém que viaja pelas dimensões planetárias com a incumbência de propagar o bem entre as pessoas. Foi enviada para a Terra para procurar jovens que tivessem coragem, curiosidade, bondade e fossem especiais...

Nesse momento, Ed olhou para seu irmão Guto.

– Mas ainda não entendo... Como podemos ajudar? – insistiu Pierre.

– Vocês podem começar a mudar o mundo conscientizando seus colegas sobre as diferenças entre as pessoas, mostrando como cada um tem dentro de si muito a oferecer, dentro de suas limitações. Isso faz toda diferença.

Emocionados com a possibilidade de mudarem o mundo, os meninos ficaram calados. Guto resolveu quebrar o gelo e perguntou ao irmão que livro que ele estava lendo quando chegaram e aonde estavam.

Ed apontou para as paredes ao redor da escrivaninha. Nelas havia muitos cartazes e desenhos pendurados. Havia mapas, desenhos de plantas e detalhes de folhas, flores e frutos que Guto nunca tinha visto na vida. Havia também fluxogramas e fórmulas.

A parede do outro lado estava abarrotada de estantes. Nelas havia maquetes, projetos, pedaços de ossos e de madeira, pedras de todos os tipos, e livros e revistas em línguas que ele não conseguia decifrar.

Ed então contou sua grande descoberta: na escrivaninha havia um diário. O casarão tinha sido habitado por um grande pesquisador e cientista – o professor Herbert Klug.

– Ele pesquisou plantas medicinais na Floresta Amazônica, que poderiam acabar com muitas doenças. Descobriu ervas, árvores que podiam fornecer madeira de primeira, aves desconhecidas... Resolveu tornar públicas suas descobertas, acreditando que beneficiariam o homem. Mas infelizmente, muitas delas atraíram a cobiça das pessoas, que invadiram a floresta com o objetivo de enriquecer. Degradaram o solo, mataram animais, diminuíram a floresta e expulsaram os que ali viviam.

Quando o professor Herbert descobriu o que os homens estavam fazendo, resolveu deter esse processo. Escreveu em seu diário muitas indicações daquilo que precisaria ser feito. Então começou a fazer fluxogramas nesses cartazes que estão na parede. Criou fórmulas para a regeneração do planeta. Indicou novas fontes de energia. Sabia que muito precisava ser feito, mas necessitava de pessoas que propagassem suas pesquisas e levassem adiante suas descobertas.

Nesse momento, Pierre não aguentou e interrompeu:

– Ok pra tudo isso. Mas o que é um fluxograma?

– Ah, desculpa. Fluxograma é uma representação esquemática muitas vezes feita através de gráficos que ilustram informações importantes – respondeu Ed, apontando para os cartazes.

– Ah! Como a Professora de Ciências faz na lousa para explicar a classificação dos animais? – falou Pierre.

– Isto mesmo! – afirmou Ed.

– O professor Klug também descreveu em seu diário o que seria um planeta em equilíbrio, aquele em que o homem soubesse viver sem desmatar em excesso, sem desperdiçar, sem exceder-se no consumo de materiais, alimentos, água, energia. Que houvesse amor pelo próximo, respeito, honestidade e grande amor entre as pessoas, sem preconceito. Somente assim o planeta poderia continuar a existir.

– Então, ainda há muito o que fazer! – comentou Pierre.

– Mas o que aconteceu com o professor Klug? – perguntou Guto.

– O professor Klug adoeceu de profunda tristeza e morreu – disse Alícia. E continuou:

– Em uma de minhas missões pelas dimensões que visitei descobri este casarão e as intenções do professor Klug. Decifrei algumas páginas de seu diário e entendi que somente jovens e pessoas muito sensíveis poderiam conhecer seu legado e transmitir seu conhecimento ao mundo. Precisava de pessoas determinadas, corajosas e curiosas.

– Por que você não falou logo o que desejava?

– Ora, Pierre, eu precisava de um disfarce para poder despertar interesse em alguém. O melhor local que encontrei foi a escola, um lugar com muitos jovens. E Ed foi o escolhido.

– Por que ele? – perguntou Pierre, que nesse momento sentiu um cutucão de leve na perna, vindo de Ed.

– Porque foi o escolhido e pronto – ao dizer isso, ela deu um sorrisinho malicioso. – É claro que precisei dar um empurrãozinho. Deixei meu livro de propósito embaixo da carteira para ele pegar. E depois utilizei o livro como teletransportador para trazê-lo até mim. Qual jovem não gosta de desvendar mistérios?

– Mas por que eu e Guto? – perguntou Pierre.

– Pierre, você e Ed são amigos de verdade, sentiam-se diferentes dos outros e Guto era considerado especial. Senti que seriam as pessoas certas. Vocês precisavam reconhecer o valor de vocês, com suas diferenças e habilidades. Veja como Guto te ajudou, Pierre!

– É verdade, ele sabe cada coisa! Quando voltarmos para nossas casas ele vai continuar falando desse jeito? – perguntou Pierre a Alícia.

– Não, meu amigo.

Na mesma hora eles olharam para Guto com tristeza.

– Neste lugar tudo é possível. Quando voltarmos, eu continuarei a falar com vocês, mas do meu jeito, e com certeza vocês me entenderão – respondeu Guto com a maior serenidade.

– Nossa, como ele sabe disso?

– Não esquenta, Ed. Eu te disse ele sabe mais que todos nós!

– Meus amigos... Prestem atenção: vocês serão responsáveis por levar adiante a nossa missão. Já sabem como é viver bem, o que é compartilhar, o que é um planeta em equilíbrio. Portanto, mãos à obra! – afirmou Alícia.

– E você, Alícia, não irá voltar conosco?

– Não, Ed. Preciso encontrar outros jovens e pessoas especiais como vocês. Agora tenho que partir para outras missões e descobertas.

– Você não vai aparecer mais na nossa cidade, na escola? O que as pessoas vão pensar? E se minha mãe perguntar sobre você?

– Não se preocupe, Pierre. Tudo vai ser como antes. Só vocês podiam me ver naquela dimensão.

– Como assim, só nós? Eu vi uma mulher com o caldeirão na sua casa!

– Ah! Miss Melissa, a professora de Ciências. Ela também sabe de tudo. Às vezes ela me ajuda. Fiquem tranquilos. Existem algumas pessoas espalhadas pelo mundo que me ajudam quando necessário.

– Mas, a Miss Melissa nem quis me ajudar... Disse para eu esquecer tudo e não procurar Ed e...

Pierre estava um pouco confuso e incrédulo com tudo que estava ouvindo: Alícia era linda, de outra dimensão e boazinha... Jovens tinham que salvar o planeta... e Miss Melissa era a professora salvadora da Terra...

– Pierre, nós precisávamos ter certeza de sua amizade por Ed. Miss Melissa quis testar você. E você demonstrou que estava determinado a encontrar o seu melhor amigo. Provou que a amizade de vocês era mais importante e estava disposto a enfrentar seus medos.

– E o tal senhor Strouco? Que bola de pelúcia era aquela? Sabia de tudo...

– O senhor Strouco? Ele é um grande amigo. Um incentivador das boas atitudes dos jovens.

– É verdade. Diante de cada obstáculo que a gente ultrapassava, o senhor Strouco aparecia, envolto numa fumacinha azul. Sempre tinha uma palavra para nos animar e não deixar a gente perder as esperanças. Desde o começo eu gostei dele – disse Guto.

– Ed, quero ir para casa. Estou ficando com dor de cabeça com tudo isso – disse Pierre, que não aguentava mais tanta informação e estava com muita fome.

Alícia pediu que os três deixassem o casarão. Ed, Pierre e Guto subiram as escadas e caminharam em direção à porta.

Quando saíram para o gramado, Alícia pediu que os três ficassem de mãos dadas e fechassem os olhos. Ela disse adeus com uma voz muito suave e soprou um beijo com as mãos, que cada um deles pode sentir em suas bochechas. Eles começaram a rodopiar sem parar e, quando menos esperavam, TUM, caíram com tudo no chão do quarto de Ed.

Capítulo XI

Uma grande história

— Nossa, Ed! O que aconteceu? Será que tudo foi verdade? – perguntou Pierre, ainda ajeitando o cabelo, que tinha ficado mais espetado do que já era durante a viagem.

Ed endireitou os óculos, perdidos no meio da cara, e olhou em volta. Era mesmo o seu quarto. Tudo estava do mesmo jeito.

– Caramba! – murmurou Ed, ainda se refazendo de tantas novidades.

De repente, lembrou de Guto e ficou preocupado. Será que ele tinha chegado bem? Levantou a cabeça e começou a procurar o irmão por todos os cantos do quarto:

– Guto! Guto!

Finalmente avistou o garoto atrás da cortina, balançando-se como se nada tivesse acontecido.

– Que susto você me deu!

Nesse momento, ouviram uma voz que vinha do andar de baixo. Era dona Clara:

– Ed, Pierre, venham jantar!

– É sua mãe, Ed. O que ela está fazendo aqui? Eles não iam viajar?

– Não sei, Pierre. Vamos descer pra saber o que aconteceu. Venha com a gente, Guto.

Os três desceram as escadas até a sala de jantar e viram a mesa toda arrumada com uma bela macarronada ao sugo e uma suculenta carne assada. Todos já estavam sentados à mesa: o pai e a mãe de Ed, Vivi e Lola. Só vovó Zezé não estava.

Os meninos se entreolharam, sem entender nada. Pierre logo disse:

– Desculpa, dona Clara. Eu preciso ir pra casa. Minha mãe deve estar furiosa comigo.

– Calma, Pierre. Sua mãe sabe que você vai jantar aqui.

– Ah... é verdade... – disse Pierre, sem nenhuma certeza.

– Mãe, vocês não iam viajar? – perguntou finalmente Ed.

– Ora, filho, você teve uma febre muito alta ontem à noite. Falei com o doutor Marieto e desistimos da viagem. Levamos vovó Zezé à rodoviária para ir pra casa da sua tia Maria Aparecida. Vovó não perde um passeio por nada!

– Ah! Por isso você não foi à escola, Ed! – disse Pierre.

– É isso mesmo. Mas você já sabia disso, Pierre! Bem, Ed precisava repousar por causa da febre alta e da dor de garganta. E você, Pierre, veio aqui para visitar o Ed, não foi? – perguntou dona Clara virando-se para o garoto.

Pierre fez que sim com a cabeça.

– Deixamos o Guto em casa e quando voltamos da rodoviária vocês três estavam dormindo com um livro nas mãos e com o Gibson no meio. Não estou entendendo vocês, o que está acontecendo?

Ed e Pierre olharam para Guto e começaram a rir.

– Nada, mãe, nada.

– Vamos comer, dona Clara. Não vamos deixar esfriar essa macarronada deliciosa – disse Pierre.

Após o jantar, Ed e Pierre subiram para o quarto e chamaram Guto. Claro que Gibson foi junto, pois o cachorro sabia o que havia acontecido. Animais sentem e sabem tudo que acontece numa casa.

– O que será que aconteceu? Foi tudo um sonho? – perguntou Pierre.

Guto falava com os olhos, querendo dizer que não.

E Gibson latia como se estivesse afirmando que era tudo verdade.

– Não sei, Pierre, mas mesmo que tenha sido um sonho, foi um aviso. Vamos ao menos tentar salvar o mundo.

– Mas como, cara?

– Com as nossas atitudes. Melhor ainda: escrevendo um livro.

– Cara, o livro que havíamos começado a escrever... Claro! Mas será que alguém vai dar valor a um livro escrito por nós dois, dois jovens?

– Por que não, Pierre? E podemos fazer nossa noite de autógrafos na grande Festa de Halloween. Vamos falar com Miss Linda e com Miss Melissa para nos ajudarem.

Porém, assim que as ideias começaram a fervilhar, o pai de Ed chamou Pierre para levá-lo para casa. Ed quis acompanhar os dois. No caminho, passaram pela casa de Alícia. Ao olhar o local, Pierre deu um cutucão em Ed:

– Olha... – e apontou para o local da casa de Alícia que não existia mais.

Ed, curioso, perguntou:

– Pai, cadê a casa que tinha ali?

– Ed, acho que você ainda não está bem. Ali nunca teve casa alguma. É um terreno vazio há anos. Agora é que vão construir uma casa. Que maluquice filho.

Ed e Pierre se entreolharam e estavam começando a acreditar que tudo era verdade. Decidiram terminar de escrever o livro e espalhar as descobertas do professor Klug para manter o planeta em equilíbrio.

Capítulo XII

A festa de halloween

Algumas semanas depois, o livro ficou pronto. Ed escreveu o texto e Pierre fez as ilustrações. Os bugios ficaram lindos e até que o senhor Strouco não ficou tão esquisito.

Mas havia chegado a hora de falar com Miss Melissa. Desde que Pierre a encontrara saindo da casa de Alícia com um caldeirão e um livro embaixo do braço, eles não haviam mais se falado. Ed e Pierre sentiam um certo receio, mas precisariam dela para a noite de autógrafos.

Esperaram a aula acabar e foram ao laboratório. Encontraram Miss Melissa de costas mexendo em um caldeirão do qual saía uma fumaça que esbranquiçava a sala toda.

– Miss Melissa, podemos falar com a senhora um minuto?

– Ora se não são os bisbilhoteiros! – ela riu.

– Nós queríamos...

Ela interrompeu Ed.

– Ah, sim... a noite de autógrafos... claro... já está tudo acertado. Estou preparando as máscaras para o evento. Imaginei que seria prudente que todos estivessem a caráter também para o lançamento, vocês não acham? Ah, e a propósito: eu achei muito emocionante a dedicatória que vocês fizeram para o Guto.

Pierre arregalou os olhos e Ed cutucou o amigo com o pé: ela sabia de tudo! Ela realmente era uma aventureira intergaláctica disfarçada de professora.

– Muito obrigado, Miss.

Os meninos se viraram para sair do laboratório quando Pierre sentiu uma grande mão em seu ombro. Virou-se e Miss Melissa estava tão próxima que poderia engolí-lo se quisesse.

– Eu quase esqueci de contar: Alícia fincou seu lencinho vermelho como uma bandeira na entrada da floresta, e o senhor Strouco bordou os seguintes dizeres: "De um gorducho corajoso capaz de enfrentar mil perigos para salvar o Planeta".

Pierre ficou tão emocionado por ter virado famoso, mesmo que em outra dimensão planetária, que mal conseguiu lutar contra as lágrimas que caíam dos seus olhos.

Miss Melissa se afastou, suspirando com ar apaixonado:

– Ah, aquele Strouco...

Ed e Pierre se olharam com vontade de rir, mas resistiram até sair do laboratório.

Havia chegado a hora da grande Festa de Hallowen. E com direito à noite de autógrafos. Os pais de Ed estavam orgulhosos e a mãe de Pierre, com lágrimas nos olhos, lhe deu o relógio que havia sido de seu pai. Ele chorou ao recebê-lo e na hora pensou: "Ainda bem que o livro já estava pronto". Ele não queria que Ed escrevesse sobre isso.

Na escola, tudo preparado.

Desde a entrada até a biblioteca tudo estava decorado como num filme de terror. Havia enfeites e bonecos imitando caveiras, fantasmas, bruxas, noivas macabras, fios brancos de teias de aranhas com aranhas peçonhentas enormes decorando os corredores da escola.

Na entrada do Ginásio de esportes havia um caixão aberto com um boneco dentro que mais parecia de verdade.

Luzes giravam para animar a pista de dança. Cartazes enormes com imagens de vampiros, lobisomens e caveiras enfeitavam as paredes.

No refeitório, cada mesa tinha uma abóbora no centro contendo uma vela acesa para iluminar o ambiente. Numa mesa comprida no fundo do refeitório havia pratos pretos com talheres prateados e copos vermelhos.

Jarras com suco de morango imitavam sangue. Brigadeiros em formato de minhocas, forminhas com brigadeiros rosa e cada um com uma ameixa preta imitando olhos humanos, vários *muffins* de cor roxa e laranja, *marshmallows* em formato de dentadura, jujubas em forma de língua.

Na biblioteca havia uma mesa coberta com uma toalha preta decorada com abóboras nas pontas, duas cadeiras e um grande espaço para as pessoas transitarem. Penduradas no teto, bexigas de gás pretas e laranjas.

Os meninos olharam tudo, sentaram-se nervosos à espera dos convidados, lembrando de todas as aventuras que viveram. Uma a uma, várias pessoas foram comprando os livros, inclusive toda a turma dos "perfes", o que deixou Pierre cheio de satisfação e sentimento de vingança, já que nunca esquecera aquela história do trabalho de Geografia em pedacinhos. Talvez o livro o ajudasse a ser um garoto melhor, e com isso ele esqueceria dessa vingança, pois era disso que o mundo estava precisando: de gente do bem. Assim como havia dito Alícia.

A festa estava muito animada. As pessoas fantasiadas estavam perfeitas. Pareciam de verdade. Vovó Zezé estava vestida de bruxa. Usava um grande chapéu e vassoura na mão. Guto estava de fantasminha, Vivi estava caracterizada como a madrasta da Branca de Neve e os pais de Ed eram um casal de vampiros.

Dona Carminha estava de Mortiça. Ed era o Frankenstein e Pierre, o mais medroso, de Conde Drácula!

Tudo estava maravilhoso!

De repente, dois seres estranhos entraram na biblioteca. A fantasia do primeiro era perfeita: um bicho peludo com dentes amarelos e o segundo era ... Alícia!

– Por que vocês acham que a Miss Melissa quis fazer uma festa à fantasia? – disse Alícia sorrindo.

Ed e Pierre não estavam acreditando: eles vieram! Senhor Strouco todo orgulhoso com o livro na mão e Alícia toda de preto com aquele jeito misterioso e enigmático.

Assim que os meninos autografaram os livros, senhor Strouco se dirigiu para onde estava Miss Melissa e lá ficou a noite toda.

Ed estava autografando um livro quando percebeu que Alícia tinha ido embora sem levar o dela. Ele levantou, saiu correndo atrás dela, mas algo caiu no chão de dentro do livro. Era um envelope vermelho. Ed fez menção de se abaixar para pegar, mas para variar Pierre foi contra:

– Ed, cara, você tá louco? Nem toque nisso! Já vivemos aventuras demais. Sério! Me escuta uma vez na vida, Ed!

– Você sempre com essa mania de perseguição.

Ed se abaixou, pegou o envelope e olhou para Pierre com um sorriso malicioso.

– Não, Ed, não. Jogue isso fora. Não abra!

Ed abriu o envelope e...

Pois é meus amigos, mas essa nova aventura é para um outro livro.

Desculpe pela má educação, ainda não me apresentei: muito prazer, sou Alícia.

Quanto a Ed e Pierre, fiquem tranquilos, as coisas vão piorar, e muito!

Agora, tomem muito cuidado quando forem fechar esse livro...

FIM